早田貞夫
時代小説作品

髪結い床おいと

早田貞夫
Hayata Sadao

風詠社

目次

前口上（前作のあらすじ）

おいとは、深川は今川町の当兵衛長屋で両親の辰吉、お静と三人で暮らしていた。後《のち》の師匠になるお里も祖父の矢吉と近所に住んでいた。矢吉は煙管屋を生業とし、お里も年頃になって髪結いになりたいと、相生町にある髪結い床藤屋に弟子入りする。お里は矢吉に育てられていたが、お里の両親、よの吉と多江は盗賊になって追われる身になっていた。実は藤屋のお藤の愛人朝吉も盗賊の仲間で、逃げるために矢吉に倉の鍵を作らせるため、お里、お藤を人質にする。盗賊の仲間が口封じのためお里を殺そうとした時に多江が身代わりになり殺される。よの吉は逃げ、藤屋も店をたたむ。

お里は深川の花街に近い一色町の髪結い床清吉の技に魅せられて弟子入りするが、清吉の命の恩人が患う中、借金のため、娘の加代が岡場所に売られた事を知り、清吉がお金を貯めて加代を自由の身にするが騙され、逃げ帰って清吉に助けを求める。清吉も加代と逃げるほかなく店をお里に託す。お里が何とか店を軌道に乗せた頃、おいとに会い弟子入りするが、おいとは幼馴染みの勇吉、長吉に出会い手込めにされる。後に勇吉から所帯を持ちたいと持ちかけられるが、関係を持った時に子供を宿していた。勇吉は子供など育てられないと冷酷にもおいとを石段の上から突き落とすが、一命は取り留める。おいともお里の店で子供のため、将来のために必死で技術を教えてもらい上達する。その時にはお里の店も評判になり、二人の弟子と店も広い所に移り、深川の有名な芸者の髪形が評判になり、更に忙しくなる。

おいとも精進努力で上達するが、お里が長年の過労から病いで倒れ、亡くなるひと月前にお里がおいと、お久、お恵の三人を呼んで、おいとは今川町で、お久は梅田で、お恵はおいとの店で修業をしてから店を持ってほしいと懇願される。

お里の夢を叶えるために三人は歩みだす。

第一章　「髪結い床」おいと

おいとは、まさか自分が生まれ育った地元深川今川町で髪結い床を出すなんて思ってもみなかった。以前といってもみ月前は華やかで粋な花街に近い一色町で、自分の師匠お里さんがやっていた髪結い床で働いていた。師匠のお里が急な病いで亡くなる前に、おいと、お久、お恵を呼んで、「私も先の事は分からないけど、聞いておいてほしい事があるの」と告げられる。それは……。

「おいとは生まれ育った今川町で、お久は親のいる梅田で、お恵はおいとの所で修業してから親のいる品川で、それぞれがお店を持ってもらう事が私の夢だった」のと……お里が亡くなるひと月前のことだった。お里師匠のやっていた髪結い床の店では荷が重いと思ったのだろう。おいとも考えた末に十月一日に自家から五町（約五百五十メートル）行った所で開店する事にした。

その日が近づいてくると何か落ち着かない。開店前日に当兵衛長屋の大家が「髪結い床おいと」の看板を持って来てくれ、「おいと、頑張るんだよ」と言ってくれた。その後で、すずの屋の正吉がやって来た。

「お師匠さん、おめでとうございます。これはすずの屋からのお祝いです」

「すずの屋さん、有難うございます。必要な物は大体揃ったと思います。それで、すずの屋さん、お店を開店して待っていればお客さんは自然に来てくれるものですか。何しろ初めてなものですから。ご近所の方は知っているとはいえ、それだけではどうも……」

　正吉が、

「そうですね。この近所では少し離れた所に一軒髪結い床さんが有りますが、やはりお師匠さんの技で呼んでいただくのが一番ではないでしょうか。あとは暮れまでに、この町のお客さんの特徴、好みを摑んで少しずつ増やすということだと思います。何か気付いた事が有りましたらお知らせします」

「よろしくお願いします」

　その夜は緊張と不安で眠れないまま朝を迎えた。何よりも晴天の日に開店する事がうれしかった。初日、おいとがお恵にこう言った。

「今日からこの店で始める事になるけど、これからは私がこの店の師匠で、お恵さんが弟子という事になるからね。お里師匠からみればまだ未熟だけど、お恵さんには出来る限りの技を教えたいと思っているのでよろしくね」

　お恵も「よろしくお願いします」

　とにかく、地元で親も住んでいるし顔見知りもいるが、義理で一度は来てくれると思うが、この町の髪形の好みもあるだろうからと思っていると、一番初めに同じ長屋のおくみさんが来てくれた。

「おいとさん、おめでとう」

「おばさん、有難うございます。どんな髪形にしますか」

「おいとさんにお任せで。まめに結うほうじゃないから、こざっぱりと結ってもらえれば」

「気付いたところがあったら言って下さい」

「お店出すの早かったね」

「おばさんも知っているでしょうけど、お里さんが急に亡くなったものですから」

「そうだったの。お里さんも早死にだったね」

などと話しながら、こじんまりと丸髷を結った。

「おいとさんも、こんな髪形を結えるようになったんだね」

「おばさん、いかがですか」

「いいよ。何か気持ちがすっきりしたよ」

「おばさん、結った後で気付いたところがあったら言って下さい。出来たら三日後に店に来てもらえますか。結った後の形がどうなっているか見たいのでお願いします」

「いいよ。寄らせてもらうよ」

「有難うございました」

おいとは「お恵、私も久し振りに結ったから汗をかいたよ。ひと月近く髪を結ってないからね。お母さんの髪は結っていたけどお客さんになると全然違うね」と話をしていると、

「おいとさん、おめでとう」と、かずさ屋の奥さんが来てくれた。

「前に、お里さんとお爺さんが来て仕事用の着物が欲しいと買っていってくれた。お里さんのお

店にも一度は行きたかったけど残念な事をしたよ」

「ところで、おばさんの所はお店をやっているので、どんな形がいいですか」

「そうだね、地味でなく派手でなく、難しいね」

「人前に出るので、少し改まる形にします」

「よろしくね。お弟子さんもいるの」

「はい」

「お恵です。よろしくお願いします」

「お恵さんのおっ母さんも楽しみだね」と……私の手元をじいっと見ている。

「おばさん、いかがですか」

「いいよ。少し華やかになったね」

「それでおばさん、結った後の形を見たいので、ご足労ですが何日かしたら店に来てくれませんか。お願いします」

「暇をみつけて寄せてもらうよ」と帰っていった。

その日は四人のお客さんが来てくれた。

「お恵、今日はこんなところだね」

「はい。お疲れ様です」

「それで、店の後は一人で寝るようになるけど、戸締まりには充分気を付けてね。それに、近所は不案内だろうから、家のおっ母さんに慣れるまで来てもらって食事の用意はしてもらうつもりでいるから」

「はい。よろしくお願いします。お里師匠の店に入って、これからは何でもするようにとご飯の炊き方、お味噌汁の作り方も教えてもらった事が役立ちます」

「私は親元から通わせてもらったけど、大事な事だね。今日はお恵も家に来てもらって一緒にご飯という事にしようね」


「おっ母さん、ただいま」と、おいと。

「お帰り。お恵さんも上がって」

「はい」

夕餉の支度が出来ていた。娘のさちが寄ってきた。「お利口にしていた」と言うと、こっくりしながら、おいとがお膳の前に座ると膝の上に座った。

おっ母さんがおいとに「おくみさんが結った髪を見せに来たよ」

「どうだったかな」

「よかったと言っていたよ」

「そう。暇をみてもう一度来てもらうように言ったの」

「そうだね。この辺の人は形もだけど、しっかり長持ちするようにだね。お里さんの花街の髪と違うからね」

「そうだね」

「お恵さんも食べて」

「いただきます」

「お前さんも」

「はいよ」

「しかし、こうやって大勢で食べるって楽しいな」と辰吉。

「お師匠さんもよく言っていました」とお恵。


「美味しかったです。ご馳走様でした」

「気を付けて帰ってね」

「はい」

おいとも部屋に入ると溜息をついた。

蒲団に入るとお里師匠の所に初めて行った時の事を想い出した。

「おいとちゃん、本当にやる気があるの」

「はい」とは言ったものの、私にできるだろうかと思いながら、とにかく食べていけるようにと思い、迷い悩みながらも懸命だった。さちが生まれてからは必死になっておっ母さんの髪で稽古したから今日があるのだと思った。

隣りでさちがすやすやと眠っている。髪結いになりたいと言ったが、先の事は分からない。私もまさか子供を持って髪結いをするとは思ってもみなかったが、今は髪結いになってよかったと思っている。これもお里師匠のおかげだ。自分のため、子供のためにお里師匠の意志を引きついでいくと心に誓った。

髪結い床を開いてからひと月が過ぎた。近所の人も知り合いの人も一通りは来てくれたが、やはり花街の近辺のお客さんとは違う。地味なりの形も流行も知っている。今川町界隈のお客さんの形とか好みを見直しする事だと思った。

秋に入り、ひんやりと北風が吹き始めると、待ちかねていた酉の市が立ち町は俄然と活気づき、気忙しくなる。お客さんも少しづつ増えてくる。暮は髪結い床の特別な月なのだ。

「お恵、若い人用の桃割れ、結綿の稽古をしておいてね。おっ母さんに頼んでおくから」

「はい」

家々に門松が立つとお客さんが切れ目なく来てくれるようになってきた。大晦日の三日前からはお客さんが待つようになった。四畳半の待ち合い部屋が座る所がないくらいになった。お昼もおっ母さんが握ってくれたおにぎりを、合間をみてお恵と代わる代《が》わる食べた。

四つ半頃（二十三時）になってようやくお客さんが引いた。

「お恵、終わったね」

「お疲れ様です」

「お恵も結構な人を結ったんじゃない」

「はい。何人結ったか分からないくらいです」

お恵が「一色町のお店の髪形とは大分違いますね」

「そうだね。これからはこの町に合った髪形に慣れて、喜んでもらえるように稽古しようね。家でおっ母さんが年越しそばを用意してあるから。それと、これはお給金」

「有難うございます」

「帰ろう」

「はい」

ただいまと戸を開けると、おっ母さんが「お帰り。どうだった」

「初めてとしては良かったと思う」

「そうかい。おそばは温めれば食べられるからね。お恵さんは」

「私もこんなにたくさんの人の髪を結ったのは初めてです。お母さんの髪で稽古させていただいたおかげです」

「それは良かったね」

「これからもお願いします」

「いいよ」

それでは皆でいただきますと言って、年越しそばを食べた。

「ところでお恵、お正月に家族で初詣に行くんだけど、いっしょに行ってみる」

「はい」

「じゃあ五つ（八時）くらいに家に来てくれる」

「はい。では御馳走様でした。おやすみなさい」

おっ母さんが「お前さん、まさかおいとが今川町で髪結い床をするなんて思ってもみなかったね」

「そうだな。おいとも良く頑張った。まだこれからだけど」

おいとが「お里さんは比べものにならない修業をしてきたし、大変な苦労をしながら努力をしたからあの技を確立したのでしょう。私も頑張らなくては」

「でも、さちを見ているとおいとの小さい時の事を想い出すよ」とおっ母さんが言った。「さちも髪結いになるかい」と聞くと、こっくりした。

おいとが「今日はさすがに疲れた。さち、寝るよ」と、母親におやすみと言って蒲団に入ると朝までぐっすりだった。

元旦の朝、

「お師匠さん、おめでとうございます」

「お恵、用意は出来ているから座って」

「はい」

お膳には御節料理が用意してあった。揃ったところで、おいとが「あらためて、おめでとうございます」と皆んなで言った。

お恵が「御馳走になります」

おっ母さんが「お恵さんも家族で食べると家の事を想い出すんじゃない」

「はい。私も久し振りです。昨年はお里師匠とお久さんと三人でしたから、こうやって食べると親のいた時の事を想い出します」

「お恵、御参りは、どこへ行こうかね。商売の神様という事で神田明神様に行こうかね」

「はい」

久し振りの初詣は行き交う人は皆浮き浮きしている。神社の近辺は大変な人で押されながら本殿にやっと行き、お賽銭を上げて皆の健康と商売繁盛をお祈りした。

「お恵、今年も頑張ろうね」

「はい」

お正月も終わり小正月を過ぎると、さすがにお客さんは来ない。すると「ごめんください」と、すずの屋の正吉が来た。

「おめでとうございます。本年もよろしくお願いします」

「こちらこそ、よろしくお願いします。すずの屋さん、開店の時にはいろいろお世話になりました。お陰様で思っていたよりはお客さんが来てくれました」

「それはよかったですね」

「それでお久さんはどうしているんですか」

「十月末に梅田の町場の方でお店を出しました」

「そうですか、それはよかった。どうしているのか気になっていました」

「お久さんもお二人に会いたがっていました。それで、私も一度ばかりお久さんのお店に伺いました」

「そうでしたか」

お恵が「お久さんに会いたいですね」

「そうだね」

正吉が「お久さんも一色町の時には四人でやっていましたから、今は一人なので淋しがっています」

「いつか都合のいい時に上野か浅草あたりで会いたいと、何かの時に言っていただきたいのですが」

「今は甲吉がお店に伺っていますので伝えておきます」

「それと材料はここに書いておきましたから、都合のいい時に持って来て下さい」

「はい。かしこまりました」

お恵が「お久さんも淋しいんですね。あの頃は、忙しかったし楽しかったです」

「お里さんが亡くなるなんて嘘みたいだよ」

「お師匠さんが独立する時には新しいお弟子さんを入れ、更に大きなお店にしようと想っていたのでしょうか」とお恵が言った。

「とにかく仕事に一途な方だった。私達も技を磨きましょう。お恵、藪入りには親御さんの所に帰りたいだろうね」

「はい。お店が開店したばかりなので、もう少し落ち着いてからにします」

「じゃあ帰る時には前もって言ってね」

「はい」

ある日、店のお客さんの知り合いが、そのお客さんの髪形を見て気に入り、結ってもらいたいと頼まれた。おいともこれからは出張する事もあると思い訪ねてみることにした。

場所は一色町で、以前のお店に近い千鳥橋の手前の堀川町だった。そのお客さんは常盤屋さんのお公さんと言った。閑静な佇まいだった。

「ごめん下さいませ。髪結いのおいとと申します」

「はい」と女中さんが出てきた。

「河内屋さんのお元さんからお聞きしまして伺いました」

「どうぞこちらに」と言って一部屋を通り、次の部屋に通された。

「今日は有難うございます」

「お願いね」

「はい」

四十路半ばだろうか、品のいい奥様で、手入れが行きとどいた庭に向かって座った。

「どんな髪形になさいますか」と聞くと、

「夕方、主人と出掛けるので、河内屋さんの奥様の髪がよかったので、遠いけどお願いしたの」

「有難うございます」

「お任せで」

「はい」

切れ長の目に鼻筋のとおった品のいい顔立ちなので、勝山の髷の後をやや高めにして粋に結った。お客さんは鏡越しにじっと見ている。緊張したせいか、初めてのお客さんなので少し時間がかかったように思った。

「いかがでしょうか」と聞くと、

「素敵な髪に結ってもらったわ。こういう髪に結ってもらったのは初めて」と「いいわ」と言ってくれた。それを聞いておいとも、ほっとした。

「有難うございました」

「御代はこれと、これは気持ち」と言って心付けをもらった。

外へ出て溜息をついた。初めての良家のお客さんは難しい、気に入ってもらってよかった。


そういえば、元の一色町のお店はと思い行ってみると、仕舞屋《しもたや》になっていた。そんな事を想いながら歩いていると、「おいとさんじゃない」と呼ばれた。振り返るとお京さんだった。

「お久し振りです」

「おいとさん、今は」

「はい。実家の今川町の近くで店を出しました。今日は知り合いの人に頼まれて近くまで来ましたので懐かしくなって、元のお店はどうなっているのかと思って見に来たんです」

「そうだったの。いや、あれから私も困っちゃって。他の店に行っても気に入らなくて今はしょうがなく行っているの。お里さんは今想うと上手だったし、結うのも早かった。困っている人が大勢いると思う。あの菊千代さんなんかも困っているんじゃないかなあ」

「そうでしたか。お師匠さんもあの店では私達では荷が重いと分かっていて、私には自家の近くで、お久さんは梅田の方でお店を出しました」

「お恵さんは？」

「はい。私の所で修業しています。お師匠さんが結った形を私も勉強しています。今の所は花街の方は来ませんが、せめてお店に来てくれるお客さんには粋で華やかな形をと結うようにしています」

「そうだったの。それでおいとさんのお店は」

「今川町で〝おいと〟でやっています」

「そちらに行った時には寄らせてもらうね」

「どうぞ。お恵とも話をしていますが、一色町で四人でやっていた時は楽しかったといつも話しています」

「私もお里さんがいなくなるなんて信じられないよ。友達みたいに仲がよかったから。でも、今日はうれしいよ。じゃあ」と別れた。

おいともお京の髪形は覚えている。いつか私の店に来た時にはぜひ結わせて下さいと言ってみる。そのためにも髪形の稽古をしなくてはと思った。

店に戻るとお恵に、

「行った先で、あっ、お京さんは知っているよね」

「はい」

「会ったんだよ。それで気に入ったお店がなくて困っていると言っていたよ」

「懐かしいですね」

おいとが「一色町のお姉さん達の華やかさを少しだけ取り入れて新しい形にしようと思うの。だからあの時の髪形をもう一度練習してみようと思う」

お恵が「私ももっともっと勉強します」

「あの花街で支持されたお店のように、この店もそうなるようにと思っている」

「そうですね」

それからというものは二人で競うように稽古に励んだ。


梅が咲き、水が温み、桜が咲く頃になるとお客さんも少しずつ来るようになった。外へ出かける機会やお花見に行く時には髪をきれいにしたくなる。こじんまりと粋に、お祝い事や遊びの時には華やかさをと心掛けた。

上野の山、隅田川の桜が咲きだした時だった。「こんにちは」と言ってお京さんが訪ねてきた。

「お京さん、また会えてうれしいです」

「お恵さんも頑張っているんだね」

「はい。お久し振りです」

「懐かしいなあ」

お京さんが「今日は浅草寺さんの近くの料亭でお姉さんといっしょだけど、折角だから寄ってみたの」

「そうですか」

「おいとさん、お里さんの結った髪形覚えている」

「はい」おいともおっ母さんの髪で稽古していてよかったと思った。

「結い直してくれる」

「はい」

お京さんが鏡越しにじっと見ている。細かいところをどこまで結えているか分からないが、精一杯結い上げた。

「お京さん、いかがでしょうか」

「おいとさん、上手になったね。私もうれしいよ。お里さんに結ってもらった髪形をよく覚えていたね。有難う。久し振りにすっきりしたよ。何かの時にはまた寄せてもらうよ」

「有難うございました」

おいともほっとした。久し振りの花街の髪形は今川町のお客さんとは全然違う。全体が華やかで、鬢《びん》にしろ、髷《まげ》にしても素人さんの形とは違う。もちろん全体の大きさも。

「お恵も覚えていてほしい」

そして、その形に慣れたら手早く次の形に変えるとしたらどんな形に、その人の好みを頭に入れて一度言われた事は忘れない。お恵も髪結いとしての大切な心得だと思って、努力した事はすぐには結果に結びつかないけど何かで繋がるし、技の幅が広がるから無駄な努力はないからね。

そう話すと、お恵も緊張しながら「はい」と言った。


季節はつつじの花が咲き、花しょうぶが咲く頃になると、おいとの結う髪形が評判になりお客さんが少しずつ増えてきた。

おいとは、忙しくなるのは嬉しいが、娘のさちをおっ母さんに任せきりになっていることが気になっていた。おいとの住まいの隣りの「いろは長屋」にお武家さんらしい兄妹が住んでいて、そこで手習いを教えているとおっ母さんが聞いてくれた。

「おっ母さん、ありがとう。早速さちを連れて行ってくるよ。さち、行くよ」

親にさちを任せきりでもと思い、さちが手習いに行っている間におっ母さんも思った事が出来ると思った。

「ごめんください。私は当兵衛長屋に住んでいる、おいとと申します。こちらで手習いを教えて下さると聞いて伺いました」

「はい、教えております。私は梶山太一郎の妹のきぬです」

「そろそろ娘に読み書きをと思いまして。私は昼間は髪結いをしていまして忙しいので、教えてやる事が出来ませんので」

「はい、かしこまりました」

太一郎という人は二十五、六歳か、お武家さんだろう。姿勢のいい物腰で、実直そうな方で、妹さんは控え目で物静かな人で、十六、七歳か。

「私の留守の時には妹のきぬが教えます。今は五人ほど通っています」

「はい。それでは明日からでもよろしいですか」

「はい」

「よろしくお願いします。さち、明日から勉強だからね」

「うん」

家に帰るとおっ母さんが、「明日は私が連れて行くよ」

「お願いね」

おいとも久し振りに印象の良い男に出会った。あの太一郎という人は何かの志を持っていると聞いた。

ある日、おいとが店から帰る時に太一郎さんとばったり会った。

「先生、さちがお世話になっています」

「さちさんも大分慣れてきて、他の子供さんといっしょに勉強をしています」

「有難うございます。お出掛けですか」と聞くと、「はい、では」と言って別れた。いつもと違うきちんとした身だしなみで、お侍らしく凜々しい。町人には思いもつかない生き方をしているのだろう。

家に帰ると、

「おっ母さん、そこで手習いの先生に会ったよ」

「そうかい。いつも今頃になると出掛けて、後は妹さんが教えて後かたづけをしたり、先生が帰ってくると傘張りをしているみたいだね」

それから半月も過ぎた日。出張から戻る時だった。「おいと」と呼ばれて振り返ると勇吉がいた。どう見ても職人でもない、商人でもない遊び人風の姿になっていた。

「娘が大分大きくなったみてえじゃねえか」

おいとが「よく人前に出てこられたわね。お役人もあんたのした事は人殺しと同じだと探しているからね」

「あの娘は俺の娘でもあるんだ」

「それは育てた人が言うことだよ。お役人に今日の事を言うからね」

「おいと、そんな事をしたら俺にだって考えがある」

二人で言い争いになっているところに太一郎が通りかかった。

「おいと殿、いかがなされた」

「おめえは何だ」

「同じ長屋の者だ。そなたは」

「おめえには関係ねえ。いいな、おいと、覚えておけ」と言って走り去った。

「先生、有難うございました」

「いかがなされた」と言われて、

「実はお恥ずかしい話ですが」とこれまでの経緯《いきさつ》を太一郎に話した。

「そうだったのですか」

「私としては何も知らない娘に親だと言われるのが辛いです。今も見た通り何をやっているか分からない姿でびっくりしました。これからが心配です」

「おいと殿も今の事を親御さんに話して、お役人にも言ってみてはいかがですか」

「そうですね。お見苦しいところをお見せしました」

家に帰ると、両親に今日の事を話した。

「先生にも言われたんだけど、お役人に言っておいた方がいいね」

「そうだな」

お父っさんが、「あの勇吉もそんな男になっていたか。人の弱みにつけ込んで金でもせびっているんじゃないか。さちの事も気を付けないといけないな」

「今頃になってとんでもない人だよ」とおいと。

おいとの店の方が少し良くなって来たというのに、新しい悩みが出てきたと思った。

その事があってから月の半頃だった。家に用事があるので帰っていると、太一郎さんが出先から血相かえて帰ると、すぐに妹のきぬさんと二人共、白布で鉢巻きを締め、たすきを掛け、太一郎さんは腰に大小を差し、きぬさんも懐剣を帯に差して慌ただしく出ていった。

それから二時《ふたとき》（約四時間）ほど過ぎた頃に、きぬさんが左腕から血を流して太一郎さんに支えられて帰って来た。長屋の人達が心配そうに「大丈夫ですか」と言うと、太一郎さんが、

「申し訳ございませんが、どなたか焼酎をお持ちでしたら分けてもらいたいのですが」と言うと、とめさんが、

「家になら少しあるよ、持ってくるよ」

「かたじけない」

部屋に持って行くと、きぬさんの手当をしているのだろう、皆が「どうしたんだろうね」、と話していると、

「ごめんよ、岡引きの文治というものだ。この長屋に侍はいるかい」

「奥から二番目」と言うと、太一郎さんの家の戸を開けて入って行った。

「深川黒江町でおめえさん方二人と侍が白昼斬り合いになったというじゃねえか。それで娘さんが斬られたのか」

「はい。実は私達は美濃郡上藩の者で、親の仇を探して三年目になりますが、門前町でやっと居場所を確かめて、きぬといっしょに父梶山利左衛門の敵、山上英次郎を討とうと思ったのですが、きぬが不覚にも手傷を負いまして取り逃がしました」

文治は聞き終わると「あっしも奉行所に行き事の次第を届けなくちゃならねえので、じゃましたな」と帰っていった。

長屋の人達も、どおりで昼過ぎに決まって出掛けるのはそのためだったんだね、と話し合っている。おいとも戻ると、おっ母さんが一部始終を話してくれた。

「そうだったの。敵討ちをするのも命懸けだし、敵討ちしないとお国へも帰れないし。きぬさん

の腕の傷が早く治るといいね」

　おいとも家と店との行き帰りだけで世間の事には疎く、身近にこういう事もあるのだなと思った。


　夏の暑い時季は昔から八月は隙で仕事にならないと言われている。秋の気配を感じるとほっとする。お客さんもぼつぼつ来るようになる。

「こんにちは」とお京さんが来た。

「私もおいとさんの所に行きたいんだけど、急ぎだとどうしても近場でいいやと。もう少し近いとね。今日はこの前の料亭さんで呼ばれたので、今日はと思って来たの」

「有難うございます」

　髪を結いながら世間話になった。

「そういえば、門前町の料亭さんの近くで辻斬りが出たの。他のお客さんも飲んで帰る時に有り金をとられたと言っていた。まったく物騒になったよ」

　髪を結い終わると、

「お京さん、いかがですか」

「ああ、よかった。出来上がった形を見ると何かひと味違うんだよね。おいとさんも頑張っただろうね」と言いながら礼を言い帰っていった。

「お恵も戸締まりは忘れないでね」

「はい、お師匠さん。それで太一郎さんの妹さんの傷はよくなったんですか」

「大分よくなったと言っていたけど。でも仇という人と出会ったら、また命懸けの斬り合いになるだろうから大変だね」

そうこうしているうちに、北風が吹きだした。

「お恵、今年の暮は昨年以上のお客さんが来てくれるといいね。それには早く結い上げるようにね」

「はい」

暮も半ばを過ぎてくると、お客さんが多くなってくる。結い上げるのが少し早くなった事もあり、今年の暮はお客さんも多くさばけた。

「お恵、これでお客さんが月初めに来てくれるともっと良くなるんだけど、今以上は無理だね。花街の日髪《ひがみ》（註：毎日髪を結いなおすこと）のお姉さん達も、ここまでは遠いからね、なかなか来られないね」

昼頃にお京さんが二人で店に来た。

「おいとさん、私の友達の雪乃さん。私の髪を見て、行くなら連れて行ってと言われたので」

「有難うございます。お恵、雪乃さんの髪を梳かしておいて」

「はい」

お京さんが「おいとさんの所がもう少し近かったらねと、私の髪を見てお姉さん達も言っているよ。そして、おいとさんも上手になったんだねと」

雪乃さんが「お京、素敵」お京さんもうれしそうだった。

「それで、雪乃さんはどんな形に」

「今の形より華やかにしてもらおうかな」

「はい。少し変わってもいいですか」

「いいですよ」

髱《たぼ》は少し厚めに、鬢《びん》は下の部分を左右共下の所を張らし根に上げるように流す。髷《まげ》は前を広めに三角の形のように赤紫のカナコを左右に捻り、その根の上に髷の部分を高めにカナコの左右の真中に髷の残りを、根におさめた。

「雪乃さん、すごくいいと思う」とお京さんが言った。

「私も初めての形、気に入ったわ」

おいとが閃《ひらめ》きで結った形だった。二人共笑顔で帰っていった。お恵が、

「お師匠さん、前から考えていたんですか」と聞いた。

「結っているうちにあの形が浮かんできたの」

「素敵でした」

それからは、お京と雪乃の二人で来るようになった。それから地元のお客さんにも、粋で少し華やかな形にするように心掛けた。そして、お京と雪乃が来てくれてから花街の人達が少しずつ来てくれるようになった。

ある日、すずの屋がやって来た。

「甲吉からの知らせで、近いうちにお久さんがお師匠さんの所に行くと伝えて下さいと言われました」

「そうですか。私もいつ、どこで会おうかと思っていました。承知しました」

「お師匠さん、お久さんも話をしたい事があるんですね」とお恵が言った。

「お店をやっているといろいろな事があるし、気心の知れた人と話したくなるのでは。久し振りに会って話したいね」

それから間もなくだった。

「こんにちは」と言ってお久が訪ねてきた。

「おいとさん、お恵さん、お久し振りです」

お久と手を取り合っているうちに三人共涙がこぼれてきた。お久はよほどうれしかったのか、声を上げて泣いている。おいとが、

「お店を休んでも大丈夫だったの」

「大丈夫です」

そして、お店を出した当初の事を話し始めた。

「それが、お店を出したんですけど、梅田は田舎で、町場といっても髪を結いに来る人は少ないんです。あのお里師匠のお店の事を想い出すと気がめいって、私の腕もあるんでしょうけど自信をなくしました」

「お久さん、新しくお店を出すという事は、誰でも心配だし不安がありますよ。お里師匠も一人

でやっていた時には、ずいぶん悩んで辛かった時も。でも花街では技があればお客さんは来てくれる、そういう場所でしたから。でも大変な精進努力をしたと思います。そしてあの菊千代さんみたいな方の髪形を新しい技で認められて私達三人に教えてくれたのでしょう。でもそうした事で無理がたたって体を壊したのでしょうね」

「それで、おいとさんのお店は」

「私の所も開店してひと月ほどは近所の人とか町内の人が来てくれたけど、その後はだんだん来なくなったので、お恵と、こういう時こそ技を磨こうと稽古しているの。お師匠さんのお店に来ていたお姉さん達の粋とか華やかさをこの町のお客さんの形にも取り入れて、垢抜けたとか綺麗になるように心掛ける事をお恵とも話し合って稽古をしているの。そんな時に、お京さんの事、知っているよね」

「はい」

「一色町の近くでばったり会ったの。それで、お里師匠のお店に来ていたお京さんも、お姉さん達も困っているらしい。お京さんも来てくれたの。それで気に入られて友達もいっしょに来てくれたり、お姉さん達もぼつぼつ来てくれるようになったの。でも隙な時に花街の人が来てくれると助かるね。それで、お里師匠の結っていた形を想い出して稽古しているの。お恵も普通の奥さん、ご新造さんがいらした時には入ってもらっているの」

「そうでしたか。私も一人ですから相談する相手もいないし、ああいう田舎でどうしたらいいのか悩みました。それで……」と言って、「おいとさんのお店で働かせていただきたいのですが」

と言った。

よほど切羽詰まっていて、どうしたらいいのか、それで訪ねて来たのだろう。すがるような顔でおいとの顔を見ている。

「そうだね。私も考えていた事はあったの。あの花街のお客さん達も一色町よりは少し離れている所だったら、又来てくれるのではと思ったの。それでお久さん、親御さんに思っている事を話したの」

「はい。親も時々見に来て分かっていたと思います」

「それで私の所に来てもいいと話したの」

「はい。私の思い通りにしてもいいと言ってくれたんです」。俯《うつむ》きながらお久が言った。「それで今日お邪魔したという事なんです」

「そう。それじゃあ、三人でもう一度やってみようか。お恵はどう」

「私もまた三人でやりたいです」うれしそうに言った。


それでは場所を探さなくては。この場所から遠くなく、花街からも行き来しやすい場所をすずの屋に頼んでみよう、と思い立った。

それから間もなく、すずの屋が「お師匠さんの思っている場所が見つかりましたので、一度見に行ってほしい」と言われた。

そこは以前時々通っていた西永代町だった。家からは松永橋を通り直ぐに行った所だった。随分近くになったと思った。

あとは、お里師匠の結っていたお姉さん達の髪形を、まずは真似から始め、お互い稽古を始めた。充分ではないが、ひと月後に店を開店した。三人で髪結い床の場所と屋号を書いた物を置屋、料亭に配った。又新しい店への期待でもあり不安でもあるが、三人の思いが一つになって頑張る事を誓った。

夜の稽古の時に、お恵が「お師匠さん、暮に向かってこちらの店にも誰か下準備をしてくれる人がいると仕事がはかどると思いますが」

「そうだね。すずの屋さんに人の事を頼んでおくよ」

それから五日後に甲吉といっしょに父親のう平、おみつが訪ねて来た。おいとが、間もなくして甲吉が、「知り合いの人から髪結いになりたいと、荒川村におみつという十三の子がいますが、一度会ってみますか」

「う平さん、私達の仕事は五年くらいは我慢していただきたいのです」

「おみつにも言って聞かせます」

それから三日後にう平とおみつが再び店に来た。人数は揃った。

世の中は倹約の影響が庶民の生活に暗い影を覆う時でもあった。おいとも三人の弟子が揃ったところで、

「私はお里師匠から言って聞かされた事を、お店の心得としていきたいの。先輩が後輩に自分の

技を教えて、分からない時には聞いてほしい。そして先輩の技を後輩は受け継いでもらい、そして自分で更に技を磨き上達すれば、世の中は厳しい時だけど皆で乗り越えるように頑張りましょう」と告げると、三人が力強く「はい」と答えた。

「それで二店のお店の調整だけど、私は今川町のお店で九つ（約十三時）くらいまでいて、それから永代町のお店に行き、お久は永代町のお店にいてもらい、お姉さん達には九つ半から八つ（十三時から十四時）には来てもらう。お客の都合で時間が前後するけど、お恵もお久もその事を分かっていてね」

「はい」

「お恵は、おみつに基本的な事を教えてあげて」

「はい」

「お久は、花街のお姉さん達の誰かを思い浮かべて、どういう髪形にするかを想像しながらくり返し稽古するようにね。これからは私もいっしょに、代わるがわる稽古台になるからね。技はくり返しの積み重ねで身についていくものだからね」

「はい」

永代町にお店を出してはみたが、お客さんが来ないと思っていると、「こんにちは」とお京さんがお店に入るなり、

「お上のなさる事は何を考えているのか、花街も火が消えそうだよ。お座敷の数も減って、大騒ぎは駄目、派手な着物も髪飾りも地味にしろなんて、何をどうしようとしているのかね。まった

く困ったもんだね」と溜まった憂《う》さをはき出すようにお京さんが言った。

おいとも、「私達髪結いも同じですよ。表立っては駄目、看板を出してはまかりならぬ、と隠れるようにと御達しだから、お客さんは外へ出なくなるから自分で結い直しをしてる。どうしようもないですよ」と言った。

「今日の髪は地味目という事で」お京さんが「いやな世の中になったね」と帰っていった。

そして、江戸では盗人が増えている。さらに、徒党を組んで、それも計画的に大店に押し入って皆殺しにするという強悪な事件を聞くようになった。

おいともお客さんが外出しにくいなら出張も進んで受けた。このところ、常盤屋のおこうさんの所に出張して行くことが多くなり、今日も九つ半（十三時）に行く事になった。おこうさんも髪を結っている時には、話はしない物静かなおしとやかな方だと思いながら、この数回はどこへ出掛けるとも言わない。御主人さんには会った事はないが、幸せな暮らしをしているのだろうなと思った。

それから半月もしない時に、

「御免よ。おいというのはお前さんかい」

「はい」

「岡引きの文治という者だ。ところで、河内屋のお元の知り合いで、〝おこ〟の髪を結っているのはお前さんかい」

「はい」

「最後に行ったのは」

「四日前です」と言った。

親分がおいとを繁々とみながら、おいとが「何かあったんですか」と聞くと、少し躊躇《ちゅうちょ》して
「ある場所で死んでいたんだ」おいともびっくりした。

「それで、髪を結っている時にはどんな様子だった」

「いつもと変わりありません」

「どんな話をしたんだ」

「口数の少ない方でしたので、あまり話しません」

じっと話を聞いていたが、「ふうん」と言って、「何か気付いた事があったら番屋まで知らせてくれ。また寄らせてもらう」と帰っていった。

おいともあまりの事に唖然《あぜん》とした。亡くなったなんて……物静かな奥様だったけど、こういう世の中だから何があるかわからない。

「お恵、私達も気を付けようね」

その日の八つ（十五時頃）、

「ごめん下さい、常盤屋です。実はすでにご存じかと思いますが、奥様が屋敷に戻られました。それで御主人様が髪を綺麗にして送りたいと申されましたので、お願いに上がりました」

「はい、伺います」

お恵が鬢盥《びんだらい》を持って来た。「後頼んだね」と女中さんといっしょに出掛けた。

道すがら、「思いもしない事で」「はい」といって涙を拭きながら、「信じられません」と屋敷に入り、「失礼します」と言うと、温厚そうな御主人さんが、

「忙しいのに悪かったね。お前さんが結ってくれた髪形が好きだったので、綺麗にして送りたいので」と言われた。

髪を結ういつもの部屋に寝かされていた。手を合わせて顔の白い布をとった。お顔は穏やかだったが、髪は乱れていた。「失礼します」といって、首を持ち上げて左右の後れ毛を梳かし髷の下に入れて、鬢《びん》付け油を付けた後で盆の窪の所が割れてへこんでいたので櫛《くし》の先で引き出すようにすると、地肌にぽつんと赤黒くなっていたが気にもならなかった。鬢と前髪、そして髷《まげ》を油で梳かして整えた。手を合わせて御主人様に「いかがでしょうか」と言うと、

「〝おこ〟も喜んでいるでしょう。綺麗になりました。ありがとう」

「では失礼します」

店に戻るとお恵が、

「お師匠さん、どうだったんですか」

「それが、病気でもないし、どうしたんだろうね。頓死《とんし》でもなさそうだし、まだ若いのに、お気の毒だね」

お店の方は、お客さんが思ったように来てくれない。雨の日が続くと出掛けるのが先送りになったり、店に出向くのがおっくうになる。その日も店が終わって帰ると、お父っさんが珍しく横になっていた。

「おっ母さん、どうしたの」

「それが、漬物石を動かしたら腰が急に痛くなり動けなくなったので、今、敬安先生が来るのを待っているんだよ」

「御免」と言って敬安先生が来た。

「何、腰が痛い。何をしたんだ」

「漬物石を持ったら……」

「どれ」と言ってうつ伏せにして、肌着を腰まで降ろして背中を押しながら「ここか」と言うと、

「あ、痛、いたた」とお父っさんが顔をしかめた。

「ぎっくり腰だ。急に力を入れたので、若くないから体が堅くなっているので、背中の左右の堅さが違ったんだ。今日は痛いところに膏薬を貼っておく。明晩、寝る前に貼り直すように。直に治る」

「有難うございました」

おいとが「先生、急所はどこですか」と聞くと、

「人の命にかかわるところだ。例えば、一番の急所は心の臓だ。ここを刺されると即死だ。その他にも頭の後の盆の窪、知っているな」

「はい。ここがですか」

「いろいろな筋が頭に繋がっているところだ。それに、男は」

笑いながら自分の股のところを指さして、おいとは思わず下を向いた。

「ここもだと、使い物にならない」と笑った。

「じっとしてれば治る」と言って帰っていった。

おいとは、盆の窪と聞いてはっとした。〝おこ〟さんの赤黒い点は何だったのだろう。

翌日、岡引きの文治親分が来た。

「常盤屋の〝おこ〟の髪を結ったそうじゃねえか」

「御主人さんに頼まれましたので行きました。それが……」と言うと、親分の目が鋭くなった。

「これが参考になるか分かりませんが、髪を直していた時に盆の窪の所に赤黒くぽつんとあったんですけど、その時は気にならなかったんですが、昨日父親がぎっくり腰になり、敬安先生に診てもらいその時に急所の話をした時に、一番は心の臓であとは頭の盆の窪もそうだと言われたもんですから……」と言った。

親分さんが、「ううん」と腕組みをしながら、「そうだったのか。病気でもねえし、悪い所もねえようだし、これは別の筋のようだ」と言った。

「他に気付いたところはなかったか」

「ありません」

「亭主と出掛けると言った時、それは本当だったのか」

「本当だと思います。でもその後、伺うことが多くなりました」

「なるほどな。ううん」と言って黙ってから、「又寄らせてもらう」と帰っていった。

おいとも、どこで亡くなったのか、事件なのか、御主人は優しそうな人だけど、関わりあわない方がいいと思いながら、一人で亡くなったという事は、これは殺されたのか……おいとは恐ろしくなった。普通の死に方ではないから、だから親分が聞きに来たのだろう。

それから半月ほどした時に、河内屋さんのお元さんの所へ出張に行った。

「今日は有難うございます」

「それにしても、〝おこ〟さんもお気の毒だったねえ。私の所にも親分さんが何度か来ていろいろ聞かれたけど、結局分からずじまいなのかねえ」

「奥様、同じ形でよろしいですか」

「お願い。私はお茶の会で知り合って何度かごいっしょして、特別なお付き合いはなかったけど、ある時からお会いしないというか、お茶の会には出席されなかったわ。いつだったか、主人と蔵前に用事があっての帰りに相生町の二ツ目橋の所で、〝おこ〟さんに似ている人だったと思ったの。でもこんな所で駕籠に乗るとは。それに一人だったし人違いと思った。だから親分さんには言わなかったけど」とお元さんの話を聞きながら髪は結い終わった。

「有難うございました」と挨拶し、屋敷を出た。

出張するようになって分かった事は、外からでは見えないその家々の事情が見えてくるということだった。御主人と奥様との仲が悪かったり、お上さんとお嫁さんとの折り合いが悪いとか、奉公人の躾《しつけ》が厳しくて居ついてくれないとかだ。おいとにも三人の弟子がいるが、私の事をどう思っているのか分からないが、親元から離れて技の精進に努めるのは辛いだろう。私もそうだった。くり返しの修練にいつ上達するのか分からないし、その次もある。この仕事は私には向いてないんじゃないかと思ったり……。私の場合は、さちを育てながらの修業で大変だったけれど必死だった。

でも私よりお里師匠の方がもっと大変だったと思う。お爺さんに育てられたのは、親御さんが世間を憚《はばか》る盗賊だったからで、やっと会えたと思った時には亡くなる間際だった。育ての親のお爺さんも亡くなり、一人で技の修業をしながら一色町に店を持った時はまだ半人前だった。そんな中、生きていくために淋しくても、辛くても技を磨くしかなかったのだ。人は皆それぞれ何かを抱えて生きて行くのだと思った。

第二章　勾引《かどわかし》

ある日、万年町のお客さん宅からの出張の帰り、空模様がはっきりしなくて店に帰るまで降らなければいいがと思いながら急いで歩く。材木町から元木橋に人待ち顔で立っている男がいた。見るとはなしに見ると、立っていたのは勇吉ではないか。顔を合わせたくないのでお茶屋に入り様子をうかがっていると、一延の駕籠が来て勇吉が近寄り、駕籠の垂れを半分ほど開けると中には常盤屋の御主人が乗っているではないか。二言三言と話をして垂れを下げると、勇吉が駕籠の横に付いて日本橋の方へ向かっていった。

あの御主人とは葬儀の時一度だけ会っただけだったけど、何を生業にしているのだろう。奥様は未だにどうして亡くなったのか分からない。勇吉との関係は想像もつかないと思いながら雨に降られないうちに店に帰ってこられた。

しかし、考えれば考えるほど常盤屋の御主人と勇吉の関係。そして〝おこ〟さんの盆の窪の赤黒い点が思い出された。盆の窪は急所で、あそこに刺せるという事は櫛《くし》の先より細く、簪《かんざし》よりさらに細くした金物で特別な物なのだろう、と思った。その盆の窪の急所に刺すという事は、手馴れていないと刺せないと思ったら、急に恐くなった。

そんな事があって一週間が過ぎた頃に、おっ母さんが店に駆け込んできた。

「おいと、さちが先生の所から帰ってこないんだよ」

「ええ」

「帰りが遅いので迎えに行ったんだけど、きぬさんが『少し前に帰りました。まだ家に戻ってないんですか』と言うので、近所の人達もいっしょに手分けして探したんだけど、見当たらないんだよ」

と泣き声で言った。おいともびっくりした。

「とにかくもう一度探してみる」

「お久、私も帰るから頼むね」

家に帰ると、「おいと、まだみつからないんだよ」とおっ母さんが泣き出した。

そこにきぬさんが来て、「自身番に届けた方がいいのでは」

「私が行きます」とおいとが言った。

今川町の自身番に行くと、文治親分がいた。

「おいとじゃねえか、どうしたんだ」

「実は娘のさちがいないんです」

「いつ頃からいねえんだ」

「かれこれ一時《とき》半（約三時間）になります。手習いが終わってからなんです」

「まだ早えかもしれねえが、勾引《かどわかし》という事もあるかもしれねえ。ところで、娘の男親はどうした

んだ」と聞かれた。おいとも戸惑ったが、

「生き別れです。その男と知り合って、子供が出来たと言ったら神社の石段の上につれていかれて、つき落とされてそれきりだったんですけど」

「その男は何んていう名だ」

「勇吉です」

「その勇吉と会っているのか」

「つき落とされてから会っていませんが、半年くらい前に仕事の帰りに呼び止められたので、私はお役人に言うからね、人殺しと同じだから探しているからねと言うと、勇吉が『おまえの娘は俺の子でもあるんだ』と言ったんです。そこで言い合いになった時に、親分さんも知っている太一郎さんが来て『どうしたんですか』と間に入ってくれました。すると、『お前は誰だ』と凄み、同じ長屋の者だと知ると『覚えていろ』と捨て台詞を残して行ってしまいました」

文治親分が「そういう事か。それでどこに住んでいるんだ」

「分かりません。実は、親分さんに盆の窪の話をしていただいて半月くらいしてから、出張の帰りに元木橋の所で人を待っている様子の勇吉を見かけました。直に駕籠が来て、垂を上げると中の人は常盤屋の御主人さんだったんです」と言うと、

「そんな事があったのか」親分の目がおいとを睨むように、「ううん」と唸って聞いていた。

「常盤屋の亭主もおこの事で調べ中だ。娘の事で何か言って来たらすぐ番屋に届けるんだ。役人に言ったら命はねえと言っても、とにかく届けるんだぞ。おいとも心配だろうが、勇吉と常盤屋

の繋がりで新しく変わるかもしれねえ」

「お願いします」

家に帰ると、お父っさんも帰って来て「おいと、どうだった」

「奉行所でも調べて探してくれると言ってくれた」

「今の時まで分からないという事は、やはり勾引かもしれないな」とお父っさんが言った。

「あの勇吉の事も話したの」

「そうか。無事で帰ってくるように祈るしかないな」

翌朝、お久とお恵が家に訪ねてきてくれた。

「お師匠さん、いかがですか」

「まだ娘は帰ってこないんだよ。心配かけてごめんね。明日は店に行くつもりでいるけど、迷惑かけるけど頼むね」

二人も心配そうな様子で帰っていった。おいともさちが手習いに行くようになって少し手が離れていくと思っていたやさきだったのに……。すると、

「おはようございます」太一郎先生が訪ねてきた。

「おいと殿、さちさんは」

「まだみつからないんです」

「それは心配ですね。早くみつかるといいですね。気持ちを強く持って下さい」

「有難うございます」

翌日おいとも店に行った。

「昨日はお久、お恵も有難うね」と言ったものの、気持ちは落ち着かない。いらいらしている。仕事だけはきちんとしなくてはならない。自身番からも何も言ってこない。

さちがいなくなって一週間が過ぎた。文治親分が来て、

「その後、何か言ってきたか」

「いいえ、何もありません」

「奉行所でもいろいろ探索しているので、何か手掛かりが掴めるだろうからもう少し待ってくれ。しかし勇吉とさちが親子ならひどい事はしねえだろうと思うが……」と言った。おいとも黙っていた。親分が「また来る」と帰っていった。

勇吉もこう金回りが悪いんじゃと、おいとの娘は仲間の長吉に預けて、それより以前に蔵前界隈のお茶屋から出てくる男と女を探ると、女は大層な屋敷に住んでいる。女の亭主は日本橋の口入れ屋をやっている常盤屋申左衛門、男のほうは日本橋の呉服屋大宮の手代で伊助、この密通らしい二人の方が金になりそうだ。勇吉は早速常盤屋の主人に文を渡した。

「実はお宅の御内儀がある男と逢引している。その事で話を聞きたいなら、その文を持って七つ（十四時）に永代橋寄りの佐賀田で待ってる」

当日、指示通りに佐賀田で待っていると常盤屋が来た。

「常盤屋さんで」

「そうだ」

「勇吉と申しやす。こちらへ」と近くのお茶屋に入った。

「それで」と勇吉が、「相手の男は呉服屋の伊助といいやす。蔵前の水野というお茶屋で逢って一時《いっとき》（約二時間）ほど過ごしているのを見ている、それも月二度、三度の時もあった」

常盤屋も腕組みをしながら黙って聞いていたが、まさかと思っていたのだろうが、憤怒の形相になり、「ううーん」と唸り、「女房には死んでもらう」。

「分かりやした。あっしが手を汚しやしょう。その代わり六十両かかりやすが、前金で三十両、残金は終わった後でという事でどうでしょう、十日以内でという事で」

常盤屋が「いいだろう」と言った。

「お約束ですよ、お願えいたしやす」

勇吉の仲間の紹介で、頼まれた事は必ずやってのける闇の世界では名が知れている泉屋清五郎と会う事にした。須田町通りの三河屋蕎麦二階で暮六つ（十八時）に行くと、泉屋清五郎と三人の子分が待っていた。清五郎が、

「おめえが勇吉か」

「へい」勇吉もここまできたら腹を決めなくちゃならねえと思った。

清五郎が「手付けで二十五両、終わった後で二十五両、いいな」

勇吉が、二十五両を渡した。

「俺達は受けた仕事は必ずやってのける。そしてこの仕事に関わりあったらお前も俺達といっ

しょだ。逃げたら殺す」と言われた。そして三日後には〝おこ〟は死んでいた。その事を常盤屋に告げ、三十両を手にした。その後で清五郎に二十五両を渡した。

するとと「伊助はどうするんだ」と言われて、勇吉はびっくりした。伊助には、店の主人に〝おこ〟との不義密通の事をばらすと脅し、伊助が集金してきた五十両を横取りした後で殺したのだった。勇吉はそれを聞いて恐ろしくなった。自分も殺されるのだと思った。

「勇吉、あの小娘は俺達が預かっている」と言われてびっくりした。何もかも知っている。長吉も生きているのだろうか。そしてこの蕎麦屋にいろと指示された。次は俺が殺される。こうなったら娘だけでも助けなくては。おいとに文を書いた。

「おいと、娘を勾引したのは俺だ。今は筋建橋の手前の須田町通りの三河屋蕎麦の二階にいる。俺は見張られている。さちは人質で泉屋清五郎という男の情婦の家にいる。あとは役人に知らせてくれ。俺が手拭いを首に巻いたら二階、腰に下げていたら場所が変わるので俺の後をつけてくれ」と、正油屋の親父に金を掴ませておいとの店に届けさせた。

清五郎が何人でくるか分からねぇ。俺がいくらあがいても皆腕こきばかりだ。こうなったら一か八だ。二階の障子戸を開けると手拭いを首に巻いた。

翌日の暮六つ（八時頃）になると、頭の清五郎と五人の子分達、情婦がさちを連れてきた。さちは恐怖におののいて声も出ない。

清五郎が「勇吉、ここまで来たら分かっているだろうな。おめえはいろいろ知り過ぎた」

すると情婦が「お前が冥土に送ってやんな」とさちを勇吉の所へ押し渡した。子分達は薄笑いを浮かべている。勇吉もさちを抱いて障子の所までさがって思い切り障子を蹴飛ばし、さちを抱いて「さちを助けてくれ」と言って、捕方がいる下へさちを落とした。その時に子分達が「この野郎」と言って脇差しを抜いて勇吉を刺した。「ううーん、さち……」と言って倒れたと同時に、蕎麦屋は御用提灯で取り囲まれ、全員捕縛された。

後は文治親分がさちを連れて、おいとの家に来た。おいとが「さち！」と言って抱きしめ、さちも「お母さん！」と泣きながら抱きついた。

親分が「勇吉が自分を犠牲にしてさちを助けたんだ。勇吉はその時に死んだ」と言った。おいとも、勇吉も親としての気持ちが少しは残っていたんだと思った。

「親分、有難うございました」

「よかったな」と帰っていった。

お父っさんもおっ母さんも「よかった、よかった」と泣いている。おいともほっとはしたものの、店の方はさちの事で仕事どころではなかった。永代町の店も出して日が浅い。早くお客さんに来てもらわないと、三人の弟子もいる。出張の時間も少し遅れても受け、走り回って仕事をした。

第三章　敵仇《かたき》

ある日、大川寄りの佐賀町にある老舗の蠟燭屋菊仙堂の奥様から出張の依頼があった。何代も続く伝統あるお店で、格式のある屋敷だった。

「髪結い床おいとと申します」

「はい」と女中さんが「こちらにどうぞ」と言って三つの部屋を通り、奥の部屋へ案内された。

「今日は有難うございます。おいとと申します」

「まだお店を出して間もないのに評判よ」

「有難うございます」

「一度結ってもらいたいと思っていたの」

「それで、どんな髪形にしましょうか」

「いつもお任せなので、あなたの似合うと思う髪を結ってみて。久し振りに主人がお芝居見物に連れていってくれるというので」

「では、結わせていただきます」

四十路半ばだろうか、色白の品のいい奥様なので、それにお芝居見物という華やかな場所なので粋に少し艶やかな形にしようと、花街のお姉さんの形を小振りに、髷はやや高めに藤色のカナコを使って島田を崩した形にした。後は前挿、後挿を使った。好きか嫌いかのどちらかになると思った。

「いかがでしょうか」

奥様も鏡をくいいるように見て軽い溜息をついた。

「私も初めての形で何とも言いようがないけれど、別な私のようで。でも今日は結っていただいてよかったわ。何かどきどきしてきたわ。ありがとう」

「今日は有難うございました」

変わった髪も人によってだろうが、久し振りに緊張して結った。迷った時は華やかにしようと思った。

それから半月が過ぎた頃に、菊仙堂より再び出張の依頼があった。うれしかったし、どんな感じだったのか楽しみだった。

「髪結い床のおいとです」

女中さんが奥様の部屋へ案内してくれた。

「先日は有難うございました」

「こちらこそ」

「それで、いかがでしたでしょうか」と聞くと、

「私は派手かと思ったけど、お芝居に行くにはあの髪でよかったわ。めずらしく主人が髪がいいねと言ってくれたの。今まで何も言った事がない人がめずらしい」

「それで、今日はどんな」

「お茶の会なので、それに合った髪にお願い」

「はい」

おいとは、お茶会ということで勝山髷を変形にした。前回よりも地味だが、「いかがでしょうか」

「前回とは違い大人しめですけど、私は好きですよ。今日も良かったわ、ありがとう」

おいともほっとした気持ちで外へ出て、今日は雨は降らないだろうと思いながら、店への帰途、田中橋を渡った所で、菊仙堂の女中さんが歩いていた。買物にでも行くのかと思っていると、女中さんと並ぶように顔は合わせないで、男の人が女中さんから何かを受けとったように見えた。その男の人はそのまま歩いて行った。女中さんも佐賀町の方へ行った。何という事もないので気にもならなかった。

おいともお客さんとの世間話や、瓦版の事もあまり興味はないが、最近は大店に盗賊が入りお金を盗られたうえ、命まで奪われるという事を聞いた。恐い世の中になった。さちも勾引以来、おいとが店から帰ると側を離れない。

何日かして、その日は午後からの出張で西永代町に行って、店に戻ろうと思って佐賀町まで差しかかった時、また菊仙堂の女中さんを見かけ、顔を合わせるのも気まずいと思い、近くのお茶屋に入った。お店の用事かと思いながら見ていると、後から商人風の男が女中さんの横に並ぶと、何かを受け取っていた。妙な事をしていると思ったが、私には関係ない事だがと思いながら、前は気にならなかったが二度目となると何か不自然な事だと思った。

それから十日ほどが過ぎた時に、菊仙堂さんに盗賊が入り蔵から千三百両を盗まれた事を聞いた。その後、菊仙堂さんからはひと月ほど出張はなかったが、その後、五日後に菊仙堂さんより出張の依頼があった。

「ごめんくださいませ」

今日は女中さんはおらず、丁稚さんが出てきて、

「髪結い床おいとと申します」と告げると、

「こちらにお願いします」と前と同じ部屋に通された。しばらく待つと、

「お待たせしてごめんなさい。今日は親戚で不幸があって、今夜これから行かなくてはならないの。今日は普通でお願い」

「はい」

結っている時に奥様が、

「私の家の事を聞きに来ましたか」

「いいえ。何かあったのですか」

「実は盗賊に入られまして。私の所に出入りしている人達の所にも役人が行くと思うの。迷惑かと思うけどよろしくね」

「それは大変でしたね」

「私も思ってもみなかったわ」と元気なく言い、あまり鏡も見ないで一点を見て俯いている。

「今日はこんな風に結ってみました」と丸髷風に結った。

「いかがでしょうか」

「はい、結構です」

「有難うございました」

外へ出て、女中さんの事は何も言わなかった。止めたのか……。店に戻り、お久に、

「お久、菊仙堂さんに盗人が入ったと言っていたけど、分からないものだね。私の所にもお役人が来ると言っていたわ」

お久もびっくりして、「狙われていたんですかね。それなりの用心はしていたでしょうけど」

おいとが「出張に行っているお宅はそれなりのお屋敷だから心配だろうね。この不景気だと増えそうだね。人のかかわりあいも難しいね。それに、弱みを持っている人は、あの常盤屋さんみたいなお宅なんかでも、何か内情を知られるとつけ込まれるし。私もまさかさちが勾引されるなんて……。仕事を持たない人は悪い事しかないから」

お久も黙って聞いていた。

それから五日が過ぎた頃に、岡引きの文治親分が来た。

「その節は有難うございました」

「それで、菊仙堂のかみさんの髪を結っているんだってな」おいとの顔を見ながら言った。

「はい。誰かの紹介というわけではないのですが、出張を頼まれました。四度ほど伺いました。お宅にお伺いすると女中さんが部屋に通してくれるだけで、後はどなたも来ません」

「そうか。何か変わった事はなかったか」

「六日前に行った時には女中さんはいませんでした」

「ほかにも気になった事は」

「それが……」と言うと、親分の目つきが変わった。

「ひと月くらい前ですが、二軒の出張が終わり、帰る途中、佐賀町で菊仙堂の女中さんが男とすれ違いざまに……」

「うん」と言って体を乗りだしてきた。

「顔は合わせないで、女中さんは何かを男の人に渡しました」

「顔も合わせないでか」

「はい。別々に行きました」

「あの女中がなあ……」

「それが、その時は気にもならなかったんですけど、伺って二度目の時も同じような事があったんです。かれこれふた月前くらいです」

「男はどんな風だった」

「職人ではなく商人風でした。顔は見ていませんが」

「その女中も一味だったんだ」

「え、あの女中さんがですか」

「店に入り込んで一年ぐらいのうちに、家の内情を調べて繋ぎの仲間に渡していたんだ」

「そうなんですか」

「他にも二家ばかり押し入られている」

　おいとも驚いた。

「そんなに」

「忘れた頃に又やってきて、次を探して家に入り込んで準備をするんだ。引き込み役だ。あの泉屋清五郎の筋とは別だ。もっと荒っぽい。そうか、又寄せてもらう」と文治親分は帰って行った。

「しかし、いろいろな事があるもんだね。お久、私も出張して分かったんだけど、店に来るお客さんと出張に行くお客さんと違うような気がする。人によって、髪形一つで粋にも華やかにもなり、前より目立つようになるのよ、そんなことに気づいたの。それでまだ少ないけど変えるようにしていったの。お久も結い終わった後、自分は、なぜこういう形に結ったのかを何かに書き留めておくといいかもしれない。自分でこだわって結った形でも気付いた事を書いておく。私も気付いた事は家に帰って書くようにしているの。この形と自分で決めて結って、その後でお客さんに細かい部分を聞いて、そのお客さんの好みを知っていく。まだお客さんの数は少ないけれど好みを知っておく意味でいいと思うよ」

「私も明日から書くようにします」

「書く事によって忘れないからね。その事をお恵にも稽古の時に言っておいてね」

「はい」

　翌日、出張で堀川町のお茶屋の奥さんの所に九つ（十二時）に行った。これで三度目の出張になるため、そのお客さんは前髪の高さと鬢《びん》の張り方と横から見た形が高くない島田髷を気にする方だと分かった。

ある出張の日の帰り道で、千鳥橋の方から来る男の人は？　太一郎先生では？　又敵を探しに来ているのか。声をかけようとした時、少し離れた所に着流しに太刀を差した浪人がいた。太一郎先生はどこへ行こうとしているのか、もしかして浪人は太一郎先生の跡を付けているのではと思った。

太一郎先生も材木町の通りから人通りの少ない方へ歩き、雑木林に向かって行った時にその浪人が急に走り出した。

おいとが「先生、後ろ！」と大声を上げた。太一郎が振り返ると、浪人が白刃を抜いて右上段に構えて斬りかかって来た。太一郎も太刀を抜いて左腰斜めに構えて斬りかかって来た浪人の白刃を払って太刀を肩から斜め下に斬り下げた。「ううん」と言って左膝を落としたところをさらに横腹を斬った。

「ああ」と言って藪の中へ転がりながら倒れた浪人を見ていた太一郎が、溜息をしながら刃を鞘《さや》におさめて後ろを振り向いた。

「先生、大丈夫ですか」とおいとが言うと、

「おいと殿でしたか、かたじけない」

おいとが「先生、誰かに付けられていると思ってましたか」

「いいえ。おいと殿に言われなかったら危ういところでした」

「私も先生に似ている方だと見ると、浪人が後を付けているように見えましたので思わず後を付けました。あの浪人が敵の人なんですか」

「はい。敵の山上英次郎です」

「そうでしたか、でも良かったです。私も今川町と永代町の店を掛け持ちで、出張もしていますのでいろいろな所へ行くようになりました。これから永代町の店に行きますので失礼します」

「有難うございました」と太一郎の声を後に別れた。

店に帰り、今日の出来事の一部始終をお久に話した。

「私もびっくりしたよ。あっという間に先生に斬りかかったので大声を出したの。仇討ちも討たれた方も死ぬか生きるかだから大変だね」と。

お久も興奮さめやらない様子で聞いていた。

手負いの山上英次郎は、ある一軒家に転がり込んだ。そこは、平野町の掘割の雑木林にある玄信寺から離れた場所にあった。転がり込んできた山上に、政吉がびっくりして「山上さん」と叫んだ。

「どうなすったんで」

上半身と左足が血だらけになっている。

「焼酎あるか、それを傷口に吹いてくれ」

「へい」

その手当をしてもらっている時も唸っている。

「お頭《かしら》の所へ行ってきやす」

しばらくすると頭の銚子の留蔵と子分の松吉と半治がやってきた。

「山上さん、どうしてこんな傷を受けなすったんで」

「ううん」と痛みで言葉にならない。

「山上さん、あんなに仕事前と後の間はしばらく大人しくして下せいと言ったじゃあねえですか」

「何があったか知りやせんが、人には見られなかったでしょうね」

松吉は「ここに残って何か人を見たとか動きがあったら、ここを引き上げなくちゃあならねえ」

「へい」

「しかし」と言って、留蔵も腕を組んで思案顔で山上を見ている。この家は留蔵の繋ぎの場所なので医者を呼ぶわけにもいかない。

「ここも危ねえかもしれねえ。歩けるようになったら前の所に移る。折角ここまでうまくいっていたのに……。松吉、ここから離れた所へ行って薬を買ってきてくれ。足がつかねぇように少しずつに分けて何か所でな」

「へい」

「早く傷を治さなくちゃならねえ。困ったお人だ」

太一郎も家に帰ると、

「きぬ、帰った」

「はい。兄上、着物の袖が切れています。何かあったのですか」

「うむ。材木町で山上が斬りかかってきたが、おいと殿が〝後ろ〟と叫んでくれたおかげですんでのところで助かった」

「そうでしたか」

「後で礼を」

「はい」

「山上も手傷は負っているが、治ったら今度こそ決着をつける時になる。きぬも心得ておくように」

「はい」

おいとも店に戻ってきたが、何かうれしかった。太一郎のためになる事が出来たからだ。そして僅かな時間を二人並んで歩いた事だった。もう少しいっしょにいたかった。こんな気持ちになったのは初めてだった。思うと溜息が出た。家に帰ってからもときめく余韻の中で、蒲団に入ってからもさちが寝ているのも忘れて、太一郎と歩いた時の事を想い出して眠りについた。

翌朝、目覚めると、店の事が気になる。もう少しお客さんが来てくれたらと思うが、あれやこれや弟子に言っても、技が急に上達するわけでない。お里師匠も私に言いたい事はあったのだろうが、私の上達を見ながら待っていてくれたのだろう。これはおいと自身の技とは別の心の修業として待たなくてはならないと思った。

それから三日後にきぬさんがおいとの店に来た。

「先日は兄が危ういところをお助けいただき、有難うございました」

「私も仕事で通りがかったものでしたので。腕の傷の方はいかがですか」

「はい。大分よくなりました。兄もよろしくとの事です」と帰っていった。

それからふた月が過ぎた頃、永代町の店に、「こちらで出張して髪を結っていただけるのでしょうか」と三十路中くらいの女の人が来た。

「はい、いたします」

「堀川町の門屋ですが、明日八つ（午後二時）いかがでしょうか」

「はい、大丈夫です」

「よろしくお願いします」

おいとは、誰かに聞いてきたのかと思いながら、翌日昼食を済ませてから、

「お久、頼んだね」

「いってらっしゃいませ」

歩き出すと、日射しは秋へと変わってきていることに気づく。

「ごめん下さい」

普通の仕舞屋《しもたや》だった。

「はい」と返事がして、

「髪結い床のおいとと申します」

「こちらに」と通された部屋は三部屋がある。奥の部屋の六畳の座敷に鏡がおかれてあった。鬢《びん》盥《だらい》で用意をしていると、通してくれた女の人よりは十歳くらい上の女の人だった。

「今日は有難うございます」

「よろしくね」と、一見水商売風の人だった。

「どんな髪形にしましょうか」と聞くと、「そうね」と言うと部屋の襖が開き、二人の男の人が立っていた。おいとはびっくりした。目が点になり、

「何ですか」

一人の男が、「おめえさんにはここで大人しくしてもらいてえんだ」と言って、もう一人の男においとは縛られた。おいともあまりの恐さに震えている。するともう一人の男が入って来た。その男は太一郎の敵の山上英次郎だった。

「あの時はすんでのところでお前えがよけいな事を言わなかったら、こんな事にならなかった。お陰で俺もとんだ傷を負ったのよ。今日は直に梶山太一郎がここに来る。来たら梶山といっしょにお前も返り討ちという事だ。梶山が目ざわりでしょうがねえ。それも今日で終わりだ」と言った。おいとは、自分を人質にして先生を呼んだのだと思った。

その頃、おいとの店に昨日来た女の人が、

「すみません」

「はい」

「お師匠さんに〝つけ毛〟と言えば分かりますと」

お久が「すみません。これだと思います」と手ぬぐいに包んで渡した。

「ではお預かりします」と帰っていった。お久も、昨日も出張を頼みに来たので疑いもしないで渡した。その後で、女は太一郎の住まいにも寄った。

「ごめん下さい」

「はい」ときぬが出ると、

「こちらは梶山太一郎様のお宅で?」

「はい」

「実は、髪結い床のおいとさんご存じですよね。おいとさんに頼まれまして、この〝つけ毛〟を持って来て欲しいと」

「分かりました。出掛けるところでしたので、伺います」

「私は外で待っています」

　太一郎が、

「きぬ、これはどうみてもおかしい。おいと殿がそこにいるか分からないが、行かなくてはなるまい。きぬも私の後をつけてくるように」

「はい」

「身仕度をしてな。そして自身番に行って、おいとさんが人質に捕られているかもしれないのでと。もしかすると敵の山上英次郎の仕業かもしれぬ」

「はい」

きぬが早速自身番に行きその事を話した。

「兄が申しております。堀川町の門屋と言ってました」

それを聞いて、与力、同心、岡引、捕り方で、「とにかくお前さんの兄君のいる所へ」と追う。

一方、おいとが縛られている部屋。

「山上さん、太一郎は本当に来るんでしょうね」

「大丈夫だ。この女の事を伝えれば必ず来る」

そこには銚子の留蔵の子分の政吉と松吉、半治と女が一人いた。

門屋に梶山太一郎が着くと、

「おいとさん、頼まれた物を持ってきました」

女が部屋に通し、襖を開けると、おいとが縛られてさるぐつわをされていた。そこには、山上英次郎が待っていた。

「今日は、お前とその女と返り討ちだ」

太一郎が鯉口を切ると、

「おっと、抜いたらその女の命はない」

おいとも横座りしながら後ずさる。

「刀を下へ、早く」山上が強い口調で言った。

太一郎が刀を下においた。山上英次郎が刀を抜き、にやにやと薄笑いを浮かべながらおいとの前に立ちはだかった。おいとも殺されると思ったら震えながら、「そうだ」と、着物の前を開け《はだ》右足を出すようにし、山上が刀を振り下ろそうとした時に、思いきり山上の股間に右足を突き上げた。すると山上が「ああ」と大声で呻き声を上げた。

刀を落として両手で股間を押さえた時に、太一郎が下にある刀を拾い、抜いて山上の左胸を「えい」と刺した。と同時に、留蔵と子分達が部屋に入って来た時に捕方達が一斉に「御用だ」と叫んでなだれ込んできた。

太一郎がおいとの縄を切ると、おいとの前に留蔵が「くたばりやがれ」と切りかかってきた。太一郎がそれを刀で払い、返す刀の峰で留蔵の首筋を打つと、「ううん」と膝をついたところで留蔵は捕縛された。

「おいと殿、大丈夫ですか」と言われてから、思わず涙がこぼれて太一郎に抱きついた。太一郎も、「敵討の巻き添えにしてしまい、申し訳ござらん」と肩を抱いてくれた。

同心が来て、

「敵討ちだったとか」

「はい」

「自身番に来て事の次第を聞かせてもらいたい」

「はい」

きぬさんが抱いてくれて、「おいとさん、お怪我はありませんか」

涙を拭きながら「はい。御迷惑をおかけしました」

肩を支えるように、きぬさんが店まで送ってくれた。

お久がびっくりして、「お師匠さん、どうしたんですか」

おいとが「きぬさん、有難うございました」と言うと、「では」と帰っていった。

おいとも店に入るなり溜息をつくと、又涙がこぼれてきて座りこんだ。「お師匠」と言って水を持ってきてくれた。一口飲んで、

「お久、あまりに突然の事で、死ぬかと思ったよ」

「そんな事とは知らずに〝つけ毛〟を渡しましたけど」

「あれを持って太一郎さんを誘《おび》き寄せるための罠だったの。私の行った先に太一郎さんの敵がいて、そこで縛られ、その時に太一郎さんが来て刀を下ろせと言われ、敵が私に襲い掛かった時に、私が敵の股間を蹴り上げたら、その隙に太一郎さんが刀で敵の心の臓を刺したの」

「そんな事があったんですか」

「私も、よくあんなはずかしい事が出来たと思ったけど、命がかかっていたから必死だった」

しかし、太一郎が「敵討ちも成就出来たし、やっと国へ帰れる」とつぶやいたので、おいとも急に淋しくなってきた。

その事があった三日後に、太一郎さん、きぬさんが二人で店にやって来た。

「奉行所に行ったり、事の次第を国元へ連絡したりであわただしく、直にお礼に上ろうと思っていましたが遅くなりました。本当に有難うございました」

二人でお辞儀をした。おいとが、

「良かったですね」

「お陰様で敵討ちも出来ました。お礼の申し様もございません」

「いつお国へ」

「はい。やり残した事もありますので、ひと月の内にはと思っています」

「そうですか。家のさちも先生の所へ行くのが楽しみでした」

「長屋の皆様にもお世話になりました」

「無事な御帰還をお祈りしております」

「はい。では失礼します」

おいとも、国へ帰るという事はいなくなるのだと思ったら、がっかりして力が抜けた。大きな溜息をついて、「しょうがない。私は仕事で頑張るんだ」と自分に言い聞かせた。

第四章　深川えにし

このところ来ていないと思っていた、お京が来た。

「御無沙汰したけど、どこも閑で、花街はこういう時こそ普段お稽古している芸事に磨きをかけましょう、と来春の踊りの会で花街一丸となって芸者衆総出の踊りの会にしようという事になったの。その方が逆にお客さんを呼ぶことにつながると思うのよ」

「そうでしたか」

「私も何を踊ろうかと迷っているの。そういえば、お里さんの結った髪も良かったし、〝深川うねり〟の踊りも良かった。そして菊千代さんみたいな人もいなくなったし、芸者さんを束ねる人がいないし……。あの頃は世の中も良かった」とお京さんがしみじみと言った。

おいとが「そういえば、お里師匠が亡くなる前に呼ばれて、『おいと、こんな私でも一度だけ好きになった人がいたの。でもその人との恋は片想いだったの』って。私もびっくりしました」

お京が「本当？　お里さんとはいろいろな話をしたけど、そんな話聞いたことなかった」

「本当に好きだったんですね。その気持ちというか、想いを書いては消して、また書き直しながら残した物を私が頂きました。今でも持っています」

「おいとさん、その書いた物を見せてもらえる」

「はい」

咲いている間の　縁《えに》しなら
あなたと咲きたい　鮮やかに
百花繚乱　炎と咲いて
切ないまでも　夢をみる

春は花咲き　夢見がち
仕事帰りで　会う方と
今日も会いたい　願いを胸に
観音様に　手を合わす
花は早咲き　芽吹いてる

秘めて秘めれば　狂おしい
好いてはいけない　人なのに
愛《こい》しくて淋しくて　忍んで泣けば
心を殺して　身を焦がす

想いかなわぬ　運命なら
心で交わした　契を胸に
ついてくるかい　つれていってよ
あなたおまえ　あなたおまえの
深川えにし

「私はお里師匠の形見だと思っています」

「おいとさん、素晴らしいね。泣けてくるよ」と言って涙を拭いた。

「しかし誰にも言わないで、一人心に秘めて書いたんだね。こんな想いでその人を想い続けていたなんて辛い話だね。お里さんという人は頑張りやで、人知れず好きな人を想い続けて亡くなったなんて、淋し過ぎる。おいとさん、これを書き写してくるから貸してくれる」

「いいですよ」

「この詩に曲付けしてもらって踊ってみたい。おいとさん、私も一生に一度、この詩に賭けてみたい。芸事をやっていてもこんな機会があるかどうか分からない。だからお里さんという私の心の友の想いがどこまで伝わるか舞ってみたい。じゃあ、借りていくね」

「有難うございました」

おいともお京の話を聞いているうちに、涙がこぼれてきた。おいと自身も今はお里師匠とおなじ心境の中で別れなくてはならない。せめて想いは叶わなくても、時々顔を合わせるだけでいい。

やはり叶わないと思いながら、お里師匠はもっと辛く淋しかったに違いない。決して曖《おく》にも出さないで仕事に生きていたのだ。

それから何日かしてお京さんが来た。

「おいとさん、これ有難う。置屋《おきや》のお母さんやお姉さん達にも読んでもらったら皆びっくりしていた。置屋のお母さんが、来年の踊りの会はこの〝深川えにし〟という題でと、協会の集まりで話してみると。そしてこの詩に地方《じかた》さんに頼んで曲付けをしてもらう事も言ってみるそうよ。花街も皆の力で盛り上げて、それこそ人と人との〝えにし〟を大切にして皆で活気のある新しい深川の街にしようと言っていたわ」

おいとも、自分の想いを髪形として結い上げたい。そしてお里師匠に今の私をどう思われるか見てもらいたい。それからおいとは、お京の来春の踊りの会に向けてどんな髪形にしようかと考えていて、その事が頭から離れない。

お里師匠が結った菊千代さんの形も素晴らしかった。それを修正しながら形にしていこうか。今回の形は恋の辛さ、切なさ、淋しさを、お京の踊りがどう表現するのかと思いながら、それをどう形に出来るか、表現するか、難しい。まずは形にしてみよう。何しろ今回は踊る内容の中で髪形をどう調和させ、お京を引き立たせるか。これは私自身の技への挑みであり、試練に打ち勝たなくてはと思った。

お久が「お里師匠も菊千代さんの髪形もなかなか決まりませんでした。本番前くらいにやっと形が決まって、それから毎晩稽古し、本番前に菊千代さんの髪で結い上げました。私も出来上がった形を見てすごいと思いました」

　おいとが「そうだったの。いつも髪形の事を考えていたのでしょうね。私も今年中には基本となる形が出来ているようにと思っているけど……」

「そうですね。お師匠さん、私も髪形で思いついたんですけど、お里さんのお客さんで六間堀の三浦屋さんの奥様の所に何度かお手伝いに行きました。髪を結うのを見ていました。その帰りに『お久、今日結った形をよく覚えておくんだよ。私も清吉師匠が髪を結うのを見てきたけど、特に全体の形、鬢の張り方とその流れ、髷の大きさと前から見た高さ、横から見た時の形、大まかだけどそこを注意して見ておくように』と言われました。清吉師匠の後を任されてお里師匠が行くようになりましたけど」

　そして、お里師匠の後を、私が結う事になって続いている。お久もそうなるかもしれない。

「お久、いい話だね。技を人から人へ受け継いでいく。私達の技も悩んだり迷ったりしながら想った形を作り上げていく。技とはそういうものなのかもしれないね」

「私も新しい形への努力が足りないように思います」

「それで、六間堀のお客さんの髪形は」

「覚えています。その形を稽古して、何とかご本人の髪を結わせて下さいと言ってみたいと思うのですが、何か厚かましいでしょうか」

「とにかく稽古してみては」

「はい」

おいとも、お久がいつかはと思っていたのだろう。次の段階に進む技への上達の切っ掛けにもなると思った。

「お久、ふた月くらいと日を決めてやってみるといいね」

「はい」

それからというもの、お久の目は精気をはらんでいた。おみつの髪を借りて稽古している。

ある日、すずの屋が「ごめんください」と訪ねて来た。

「すずの屋さん、美人画とか今話題の姿絵かありますか」

「そうですね。何かあると思います」

「実はまだ本決まりではないのですが、来春ですが、深川芸者さんの総出の踊りの会に参加する芸者さんの髪を私が結う事になると思います。お里師匠の時には斬新で艶やかという事でしたが、私は女性の恋に生きる哀愁のような想いの髪形にしようと思っているんです」

「そうですか。世の中こういう世相の中でいい事ですね」

「とにかく、深川をもう一度輝き華やかにしようという事での会にするとか」

「それはいい事ですね。決まりましたら私達に出来る事はお手伝いさせていただきます」

おいとも、まだ決まったわけではないが、何か大きな事が動き出している。私の髪結い人生の中で記念になると思った。

店の方は今一つ客足が伸びないが、でも出張の方は二店でのかけ持ちでおいとは忙しい。このところは大店の奥様、大きなお屋敷の方からも出張の依頼があるのは、気軽に呼べるようになったからだと思う。

何日かしてすずの屋が評判の美人画を三枚持ってきてくれた。あくまで参考で、やはり自分で思った形を結っては修正しながら、自分の思った形を結わなくてはと、その形をくり返している。

九月に入った時にお京さんが、

「おいとさん、来春の踊りの会〝深川えにし〟、本決まりになったよ」とうれしそうに言いに来た。

「いよいよですか」

「あの詩を持って行った時から置屋のお母さんは知り合いの地方さんに曲付けをしてもらい、踊りは詩を読んでの振り付けも出来上がると言っていた。花街のお姉さん達も皆やる気でいるよ」

「着物は先でしょうけど、決まったら見せて下さい」

「持ってくるよ。今日は結い直しで」

「はい」

「しかし、あの詩を読むとお里さんの顔が浮かんで涙が出てくるよ。お里さんも仕事が終わって一人になった時に、どんな想いでいたのかと思うとね。でも逝くのが早すぎたね。私も踊っている時には、お里さんがどこかで見ているとと思いながら踊るの。でも、お里さんもおいとさんという二代目が出来て安心しているよ」と言った。

　おいとも目頭をおさえた。

「おいとさん、頑張ろうね」

「はい。有難うございました」

　おいともこの踊りの会の髪形は、お里師匠の詩への想い、秘めた恋する女心の一筋さ、切なさ、淋しさの中にお京の舞う姿を重ねて、何か新しさを強調する形にしようと思った。強調するのは、鬢《びん》の張りを耳の上より左右共厚みを出すために厚紙を鬢の中に入れて、根のところまで流す。前髪は小さめ、髷はやや大きめにし、桜色の布で全部を被う。そして根の所から同色の布の一寸五分巾を襟足の長さに二枚を下げる。舞うと布が揺れ動くように、さらに根の所に同色の布で蝶結びにして根飾りとした。後は、左前横の笄《かん》ざしは桜の花、右横の笄ざしは桜の葉模様に、この事を強調して後は形を造って微調整をする。

「お久、私はこの形でいこうかと思っているの」

「女性らしくて素敵です」

「ところで、お久の方はどうなの」

「形は分かっているのですが、結ってみると形にならないんです。どこか違うんです」

「初めての形だし、お里師匠の結った形だから技も高いと思う。大まかな形は出来ている。後はひとつひとつの部分を作りながら、流れ、張りが師匠の形とどう違うか、もう一度自分で見直してみたら。とにかく稽古の積み重ねだからね」

「はい」

「今度の稽古の時にお久が結った形を見てみる」

「はい、お願いします」

「皆の練習稽古内容も見てみるよ」

「お願いします」

家に帰ると、「おっ母さん、明日の夜は今川町の店で稽古するから、四人分のおにぎりを作ってくれる」

「いいよ。しかし大変な事だね」

「踊りの会に関わる人は皆大変。私もこれで認められれば店も良くなる。時々稽古するからおっ母さんも大変だけど頼むね」

「はいよ」

「明日はさちも連れて来てくれる。一度どんなものか見せようかと思うの。そして、もう少し大きくなったら、お恵、おみつの頭を借りて、さちに稽古させようかと。とにかく見て慣れることからだからね。頼むね」

「はいよ。しかし早いもんだね。さちももう少ししたら髪を梳かしたりするんだからね」


そして季節は北の便りが聞こえ、朝晩は肌寒さを感じるようになった。

皆が揃ったところで、おいとが十二月の忙しくなった時に、

「出張の事だけど、両店で調整しないと。受ける時間が重ならないように、今川町のお客さんの受付は九つ（十二時）までという事にしてね。午後に受けると花街のお姉さんと重なるからね。お客さんに言って、十二月はなるべくお店に来てもらうように、出張は時間をみてね。稽古も手

早く、十二月は手早くなるいい機会だからね。おみつは、コテは使っているの？　忙しい時にコテの扱いも慣れてきたら、髪の毛の硬い人は毛冊をとる時に普通の毛の人よりは薄めに、毛の細い人はやや厚めに、そしてコテが熱い時にはふかしを早めに、冷めてきたら少しゆっくり。今言った事を少しはやっている？」

「いいえ。いつも同じにやっています」

「ふかし方が均等でないと、きれいな面にならないし、特に鬢の左右には気を付けて」

「はい」

「そしてコテも手早く。熱さ加減は感覚だからね」

「はい」

「今やってる稽古は髪形の全体の中の部分だから、作り上げる事の基礎だと思って。慣れない不器用はないよ。稽古不足だから。店に来た時に五年は我慢をして下さいと言ったのは、努力した事に嘘はない、とにかく努力を怠《おこた》らないでね。それとお久も、大分形になってきたけど部分が形ばえしないから、だから大体の形は分かっているけど形にならない。もう一度全体の形のつながり、流れを作ってみてはどう？」

「はい」

「お恵も、今結っている形は慣れてきたけど、これから粋とか艶やか、華やかさと、その人に合った作りを結えるように。これも感覚でちょっとした事で良くなったり、やぼったくもなる。少し時間はかかるけど出来るようになるからね」

「はい」

「おみつ、コテのふかし方は技の段階は面の綺麗さ、流れも全体から見てむらがないように気を付けてふかせるように」

「はい」

「では、今日はこれで終わります。お疲れ様でした」

二日後に店に梶山太一郎先生ときぬさんが来た。

「おいと殿、その節は有難うございました。明日、国へ帰る事に決まり御挨拶にまいりました」

太一郎先生はお侍の身仕度、きぬさんも正装だった。

「そうでしたか」と言ったが、それから何も言えなかった。本当に言いたい事はあったが、凛々しい顔を見たら胸が熱くなった。

「敵討ちも成就されての御帰還、ようございましたね」

「はい。母からも喜んで待っていると文がありました」

「そうですか」と言ったら涙がこぼれてきた。

「御無事のお帰りをお祈りしております」

「お世話になりました。それでは」と二人で御辞儀をして帰っていった。

お久が「太一郎様もお国へ帰ると、御身分から将来も約束されているのでしょうね」

聞いていたら何も言えなかった。

おいとが「さあ、私達も大きな仕事が待っている。いい結果になるように頑張りましょう」

「はい」

春の踊りの会の稽古でお正月もない、身近にせまったような圧迫感がある。

「おっ母さん、いつもお世話になっているので、少ないけど」

「何これ」

「今年は弟子達にもお年玉を。お母さんにもと思い」

「私にもかい。ありがとうね。娘にお年玉をもらうなんて、大変な時なのに……」目頭をおさえていた。

「初詣はさちを連れて浅草寺さんに行こうかと思うの」

「そうだね。二人で行っておいで」

おいとは、浅草寺さんの近くにお里師匠のお墓と両親、そしてお爺さんのお墓もあるので、お墓参りもし、踊りの会の報告と商売繁盛のお願いをした。浅草寺さんは相変わらずの大変な人混みで、さちの手を握り人に押されながら、

「さち、これをお賽銭箱に入れて手を合わせてね」

おいとも踊りの会の髪形の完成をお祈りした。

「今日は穏やかないいお正月。そうだ、さち、お汁粉でも食べて行こう」

「うん」と、うれしそうな顔をした。

「おっ母さん、すごい人だね」

「お正月だからね」

運ばれてきたお汁粉を食べると、

「おいしい」

「おっ母さんも久し振りだよ。帰りに羊かんを買って皆で食べよう」

久し振りの母子水入らず、お参りも出来たし「力」を貰った気がした。


お正月も終わり、踊りの会が迫ってきた。形は大体決まっている。あとは細かいところの微調整をして髪形に慣れる事だ。

一月末にお京が着物を見せに来た。

「おいとさん、見て」

「お京さん、きれいで素敵な着物ですね」

全体が白無地で、左肩から桜の花が左腰に流れて、桜の花の中に葉を散りばめた裾模様だった。この着物を着て、稽古している髪形でお京さんが舞うのだと思ったらどきどきしてうれしかった。

「おいとさん、もうすぐだね」

二月に入ると、いつもだとお客さんも出張も少ないし、弟子達も私がぴりぴりしているので話しかけてこないが、今年の二月は緊張状態で落ち着かない。そして踊りの会が三月二十一日と決まった。三月十五日には最後の仕上をそれぞれの職人さん達が来て本番用に確認して、あとは本番を待つだけと思ったら、おいとも本番までの残りの日を弟子達の頭を借りて稽古をした。

本番前日に三人の弟子達に、

「皆のお陰で、踊りの会は私の髪形のお披露目の場でもあるの。これはこの会に携わった私達髪結い床だけでなく、かかわった全ての業者の人達の努力の御披露目の場でもあります。そして私達髪結い床も、自分の結う髪形に随分前から努力をしてきた競いの場でもあるの。その事を思って見てほしい」

「はい」

「それで明日はお久に手伝ってもらい、お恵とおみつは客席の方で見ていて。明日はよろしくね」

全員で力強く「はい」と言った。

春の踊りの会の当日、おいとは七つ（四時）に起きるとおっ母さんは既に起きていた。

「おいと、これ持って行きな」と、おにぎりを作ってくれていた。

「おっ母さん、有難う」

「私も後で見に行くからね。頑張るんだよ」

「はい」

永代町の店に入ると、三人が一斉に「おはようございます」と挨拶した。

おいとも「よろしくね」

お久が「お師匠さん、一応準備はしておきました」

「有難うね。それじゃあ行こう」

踊りの会の会場は富岡八幡宮の広い敷地に臨時の芝居小屋が建っていた。入口の前には大きな看板で「深川えにし」と書かれ、立て掛けられていた。楽屋裏に「おはようございます」と入って行くと、すでに出演者のお姉さん達と業者の人達も準備をしていた。

「お京さん、おはようございます」

「よろしくね」

化粧をしてもらっていた。お京さんもさすがに緊張している。おいとも周りの雰囲気に圧倒される中で、

「お久、準備しておいて」

「はい」

おいとが髪を結う手順を頭に描いていると、

「おいとさん、お願い」

「はい」

髱《たぼ》は下をやや厚めに、一番形に気をつけるところの左右の鬢《びん》を厚めの和紙を入れて耳上のところの鬢張りを強調し、髷の全部を桜色の布で、最後の根《ね》飾りの布で蝶結びにした。自分では納得の出来だった。結い終わったら汗びっしょりだった。

「お京さん、結い上がりました」

「ありがとう」

演目が進み、お京さんの出番はトリの一つ手前だった。お京さんも大きな溜息を二度ついた。

「行ってくるね」

演目が紹介されると拍手喝采、緞帳《どんちょう》が開くと一瞬静まりかえった。地方さんの曲が流れ始め、舞台の袖からお京さんが舞いながら出てくると唄いが始まり、優雅に艶やかに舞いながら恋する女の切なさ、寂しさをしっとりと舞うと、観客は見惚れながら溜息の中で舞いが終盤にさしかかり、唄が「ついてくるかい」と下りのところで天上から花吹雪が舞いながら、唄が「つれていってよ」とすがるように、そして最後の「あなたおまえの深川えにし」の時には場内割れんばかりの拍手喝采で、幕が下りても止まらなかった。おいともお久と舞台の袖で見ていた。すばらしい舞い姿だと思った。ゆっくり流れるような舞いが着物と髪と唄とが溶けあって美しかった。お京さんも泣いていた。

その時だった、菊千代さんが来た。

「お京さん、踊り素晴らしかったよ」

「有難うございます」

「私も引退したけど、今の深川花街を折にふれ、時にふれては憂いていたの。だから少しでも協力したいと思って見に来たの。今日は大盛況、うれしかった。そして若い人が頑張っている姿を見て、大丈夫だと思った。おいとさん、いい髪を結ったね。お里さんの下で頑張ってたのを見ていたよ。見事に受け継いでいる」

「有難うございます」

「今回の唄も踊りも、新曲の詩はお里さんが書いたと聞いてびっくりしたよ。お里さんも喜んでいるよ。いい踊りを見せてもらった。私もうれしいよ、有難うね」

おいとも泣いた。おいとが、

「お京さん、お里師匠がどこかで見ていますよ」

声にならないで頭を下げていた。

「お京さん、これで失礼します」

楽屋裏口でお恵とおみつが待っていた。

「お師匠さん、お疲れ様でした」

「すばらしかったです。私達もこんな大きな舞台で見たのは初めてだし、お師匠さんの髪が踊りにも唄にも合って素敵でした」

「ありがとう。お店に帰ろう。店もきっといい方へ向かって行くと思う。頑張ろうね」

「はい」

「これ、おっ母さんが作ってくれたおにぎりあるからね、食べよう。おみつ、お茶を入れて」

「はい」

「あと、これは私が買ってきたお饅頭、食べて」

「御馳走になります。お疲れ様でした」

家に帰るとおっ母さんが、

「おいと、素晴らしかったよ。髪形もよかった。さちも目を輝かせていた」

お父っさんが「俺もいっしょに行ったんだ。家にいる時の稽古しか見てないから、舞台の踊りと唄で圧倒されたよ。その髪を結ったのがおいとだと思ったら俺もうれしかった。さちもよかったな」

さちがこっくりした。

「私がここまでやれたのも、お里さんのおかげだと思う」とおいとが言った。

「おっ母さんがおいとを連れてお里さんの所へ行った時を思い出すよ。疲れたろう」

「お父っさん、おっ母さん、いろいろ有難う。おやすみなさい」

おいとも、蒲団に入ってほっとしたら、太一郎さんの事を想い出した。どうしているのだろう。本当は一番に太一郎さんに結った髪形を見せたかったし、見てもらいたかった。でも身分も違うし、どうしようもない。あの凛々しく優しい笑顔が蘇ってきた。会いたい。もう少し近かったら藪入りの休みの時に一目逢いに行きたい。でも今はどうする事も出来ない。さちもいる、店には三人の弟子達もいると思ったら溜息が出た。お里さんに言ったら何て言われるだろうと思っていると、お里さんが笑顔で「おいと」と言った。あとは何も言わないで微笑んでいるだけ。「お師匠さん」と呼んだら消えていった。夢だった。

何事も自分の思う通りにはいかない、お店だけでもやっていられる、それでいいじゃないかと言われそうだ。たとえその思いが叶っても、知らない世界へ全部を捨てて行ってもどうなるものでもないと思いながら、さちが眠っているのを見ながら、おいともいつの間にか眠っていた。

踊りの会も終わり、店に来てくれたお客さんから、「芸者さんの髪を結ったんだってね」と話しかけられるようになった。口伝えで話題になってお客さんが来てくれるようになった。

季節も良く、皆が行楽地やお花見へと出掛ける事が多くなるし、女の人同士で髪の話が出て、おいとの事が話題に上るようになっていたようだ。

第五章　川井リク

　ある日、永代町の店に見慣れないお武家さんのお内儀とも侍女とも分からない、高貴な方が見えた。

「結っていただけますか」

「はい、どうぞ」

　しなやかな物腰で、色白で鼻筋が通った、冷たそうだけど美人だと思った。

「どんな形にしますか」と聞くと、

「言っても分からないでしょうから、結ってみて下さい」

「はい」とは言ったものの、お武家さんの女の人の髪形は結った事がない。とにかく今までの積み重ねた技でそれなりの形にするしかない。三十路くらいの方、とにかく今想いついた形を結ってみようと思ったが、難しいと思った。華やかさは合わない、粋で品よく小ぶりの島田系を結う事にした。

　姿勢よく鏡を見ている。

「いかがでしょうか」と言うと、鏡を見ながら、

「結構です」

「何か気になるところがございますか」と言うと、

「次回の時に申します」と言って帰っていった。


おいいとはほっとしたように「お久、私も緊張したよ」

あの物腰、所作は、やはりお武家さんの奥さんでもないし、素敵な人だけど、何をしているのか見当もつかない。でも踊りの会以後、普通のお上さん、御新造さんの間でも話題になっているから家《うち》にみえたのか……。

そんな事があり、両店のお客さんが少しずつ増えてきた。そして何よりも花街のお姉さん達が増えてきた事だった。そして店も活気が出てきた。

あれからひと月が過ぎただろうか。一見すると侍女というお客さんが九つ半（十三時）に、おいとが店に来たのとほぼ同時に来た。

「いらっしゃいませ。前回の形はいかがでしたか」

「あの形はあれで良かったです。明日、お茶の会がありますので、とにかく結ってみて下さい」

「はい」

品よく、粋にという形でと思った。一応、勝山風で結ってみた。お客さんもいろいろな方が来るが、話はほとんどしない。今回はどうだろうと思いながら、「いかがでしょうか」と聞くと、

「はい、結構です」と帰っていった。とにかく高貴な方は難しい。

そんな時にすずの屋が来た。

「お師匠さん、踊りの会は大変な評判で、大盛況でよかったですね」

「有難うございました。それと、踊りの会のいろいろな業種の方にご案内、ご連絡していただきまして有難うございました。踊りの会の主宰の方からもよろしくお伝え下さいと言われました。ところで、お武家さんというか、身分のある方の髪形の絵とか、版画みたいな物ってありますか」

「そうですね。一応店に帰りまして探してみます」

「お願いします」

そういえば、このところお京が来ない、どうしたんだろうと思っていたら、その矢先に何かひどくやつれた様子でやって来た。

「お京さん、お久し振りのようですけど」

「おいとさん、踊りの会は皆によかったと言ってもらえたけど、翌日から疲れたのか起き上がれなかったの。ただぼおっとして。皆心配してくれて、お客さんにもお礼のご挨拶もしなくてはと思っても、体が動かないの。どうしたんだろう。どこか悪いんじゃないかと思いながら、この二、三日でやっと外へ出られるようになったの。おいとさん、あの〝深川えにし〟の踊りも、髪も詩も唄も新曲というのも難しいと言われていたけれど、こんなにも何もかもしっくりと調和がとれた新曲はないと言っていた。私もただ夢中で唄と曲に合わせて踊ったけど、あんなにまとまった踊りはめずらしいとの評判だった。今日はきれいにして、お客さんにお礼のご挨拶に行こうと思うの。料亭さんも忙しくて、菊千代さんのいた頃みたいだって言ってくれた。各料亭さんからもどうしたのかって散々言われて、お母さんも困っていた。これから頑張らないと。髪をきれいにしてもらったら、元気が出てきたよ。ありがとう」

「あの大舞台での踊りも初めてでしょうから。でもよかった。私もお京さんによかったと言ってもらえるのが一番うれしいです。いってらっしゃい」

ある日、永代町で花街のお姉さんの髪を結い終わって帰ると、今川町からお恵とおみつが稽古に来た。それぞれの稽古が終わったのが七つ（十七時）頃だった。後かたづけをして帰ろうかと思った時に、入口を叩く音がした。誰かと思い、「今日は終わりました」とお久が言うと、

「申し訳ございません。以前こちらの店に伺いましたリクと申します。開けていただけませんか」

お久がおいとの顔を見た。お久が開けると、リクは、すぐ自分で戸を閉めた。

「どうなさいました」とおいとが尋ねると、

「理由は申せませんが、匿ってもらえませんか」

断るわけにもいかず、四畳半の押入に入ってもらった。すると外で人が走ってくる音がして、「そっちは」「いません」「奥を探せ」「はあ」音が遠くなって、お久が外を見て「誰もいません」。

おいとが「もう、大丈夫です」と言うと、押入から出てきた。

「有難うございました。申し遅れました。私は美濃郡上藩江戸下屋敷にいます、川井リクと申します」

おいとは聞いてびっくりした。

「お久、三人で今川町の店に行って夕餉を済ませて」と先に帰した。

「失礼ですが、私の髪結い床をどなたかに聞かれましたか」

「はい。梶山太一郎様にお聞きしました」

「そうでしたか。私も娘も先生の近くに住んでいましたので、読み書きを教えていただいていました。今は国へ帰られましたけど」

「存じております。敵討ちも本懐をなしとげられました時に、大変お世話になりましたと申されていました」

おいとも驚く事ばかりだった。

「私もそれでこちらのお店に伺う事になったわけです。それで、今追って来た者達の名前は申せませんが、私は、さる大名の江戸下屋敷で奥向きを手伝っていましたが、御家老の次男がしつこく言い寄りまして、私が体の具合が悪いと言って母方の叔母の家にまいりましたが見つかってしまい、今夜の次第になったわけです」

「それはお気の毒に」

「また何処かに移らなくてはなりません」と、溜息をついた。

「折角叔母の知り合いの娘さん達が習いに来ていましたのに、また他に移り住む事になるかもしれません。今日は助かりました。お礼の申しようもございません」

おいとが「汚い所ですが、今夜はここにお泊まりになっては。これからは夜も更けたし、物騒です」

　暫く考えて、「では、明朝までここにお邪魔させていただいても」

「はい、どうぞ」

「お久、自家に行って事情を話して、私は永代町にいると言って」

「はい。では」と帰っていった。

「申し訳ございません」

「いいえ。私もいろいろありまして、先生に助けてもらった事、お話を聞いてもらった事もあります。何かの御縁かもしれません。それで、行くあてはあるのですか」

「いいえ」

「もしよろしかったら、先生が住まわれていた長屋がまだ空いています。行く所が決まるまで、そこにいては。そこには私の両親と娘がいます」

「有難うございます」と言って、翌朝七つ（四時）に帰っていった。

　おいとも一度家に帰って親に事情を話して、永代町の店に戻った。

「おはよう」

「あれからどうしたんですか」とお久。

「真夜中だし、追っかけてくるとは思わなかったけど、物騒だし、朝七つ（四時）まで居てもらった。私はあの方が店に来た時、場違いな人が来たと思ったの。そしたら太一郎先生と同じ美濃郡上藩の人で、お互いに知り合いだったそうなの。それで永代町の店に来たと言っていたわ」

お久も「そうだったんですか」

「私もびっくりしたよ。藩の下屋敷の手伝いをしていたら、家老の次男という人がしつこく言い寄ってきて、具合が悪いと叔母さんの家にかくまってもらっていたらしいけど探し当てて来たみたいで、大変だったみたい」

それから三日後の早朝に、永代町の店にリクさんがやって来た。お久が、

「もう少ししたらお師匠さんが来るので、上がってお待ち下さい」と四畳半の部屋に通した。

昼頃になっておいとが来た。

「おいとさん、先日は大変お世話になりました。それで、その後もしつこく叔母の家に来て、どこへ行ったのかと聞いてくるので、叔母の家にはいられません。それで太一郎様が住んでいた長屋に行って様子を見たいと思いますので、それで早朝より御邪魔しました」

「そうでしたか。では、これから私の母親の所にいっしょに行って、それから大家さんの家に行ってもらい、細かい事は後で。とりあえずは行きましょう」

「申し訳ありません」

「お久、後を頼むね」

「はい」

「しかし、どうしようもないお武家さんもいらっしゃるんですね」

リクさんも下を向きながら、

「私も気がめいるし、どうする事も出来ず困っています」

長屋に着くと母親に、

「おっ母さん」

「あら、どうしたの」

「この方が、太一郎先生が借りていた長屋に住みたいと」

「リクと申します。お手数をおかけします」

「あと、細かいことはおっ母さんが相談にのってあげて」

「はいよ」

「じゃあリクさん、私は店に行きますので」

「有難うございました」

おいとが店に戻ると、花街のお姉さんが二人待っていた。

「おいとさん、忙しいね。踊りの会の後、特にじゃない」

「申し訳ありません」

「小浪さん、今日は結い直しで」

「はい」

「私もおいとさんの所に来て日が浅いけど、上手だね。お京さんが今川町の店に行っていたのが分かるよ」

「いかがですか」

「いいね」

「有難うございます。小夏さん、お待たせしました」

「私も結い直しでいいよ」

「はい」

お久が梳かしてくれていた。

「私も今まで何となくこんな形でいいと思っていたけど、同じ形でも出来上がりがまるで違う。気分も違うよ」

「有難うございます」

「お師匠さん、だんだんお里師匠に似てきましたね」

「そうかね。私も分かってくればくる程、お里師匠の偉大さが分かってきたよ」

お久が「私も何としても六間堀のお客さんの形を……と思っています」

「形を見ていると、全体は出来ていると思うけど」

「何か足りない気がするんです」

「そうねえ」と言って、「もう一度部分を見直して、前髪の高さに対して鬢の張り方、流し方、髷の位置、高さ、そして後から見て髷の形、顔の顎から耳の線と芯のつながりの髷の大きさ、そして全体を見ての形、そんな所をもう一度見直してみて」

「はい。勉強になりました」

「私も、最近になって大分まとまってきたと思ったの。それで言ったんだけど」

「はい」

「最初の内はいろいろ言っても、何をどうしていいか分からないし、もう少し稽古したら気が付かないうちに良く変わっている事が分かってくるよ。それにお久、今の形をいつかお恵なり、おみつに教える時にも初めからいろいろ言うのではなく、稽古をしているうちに大体の形が分かり出来るようになって、ある部分をこうすると良くなると、少しずつ言って、まとまってきたらそれ以上に良い形を造れるように助言してあげるようにね」

「勉強になりました」

「私もそうだったけど、本当はもう少しお里師匠の下で勉強したかったけど、あとは自分の努力で自分の形を作り上げるのが師匠の教えなのかと思っている。そして、お久からお恵、おみつと努力精進すれば、店が素晴らしい技の店になるだろうと私は楽しみにしているの」

「はい」

お久の顔が清清しくなっているので、おいともうれしかった。

おいとが仕事から帰って、

「おっ母さん、リクさんは落ち着いたよう?」

「三、四日目にいかがですかと行ったら、必要なものを揃えて、きれいに整理されていたよ。それで、時間が出来たら手習いの方を教えてもらえませんかと言ってきたよ。今まで通っていた子供達も教えてもらいたいんじゃないかね」

「そうだね。私も踊りの会が終わったら気が抜けたようだよ。あれだけの大きな会はこれからはないと思う」

それに、会に出演した芸者さん達も、結った髪床さん達も、それなりに頑張ったと思う。おやと思う髪形もあったし、皆上手だった。どこか新しさみたいな形が入っていたからだと思った。

「でも、私は久し振りにいろいろな踊りを見せてもらったよ」とおっ母さんが言った。

「普段はあの踊りは見られないもの。次はいつになるか。でも、お京さんも踊りの支度にはそうとうお金がかかったと思う。御祝儀もたくさんもらったでしょうけど、これが最後だと思ったからでしょうね」

しかし、リクさんもこれからどうするのか。付きまとっている男が所帯でも持てば変わるのか。おいとが、

「リクさんに好きな人でもいるのでは。お武家さんでも身分の違いとか……、そういえば、ひと月くらい前の八つ頃（十四時頃）、中ノ橋で頭巾をかぶって、どこかへ行く様子のリクさんを見かけた事があったわ」と話をしていた時に、

「ごめんください」

「はい」

リクさんだった。

「申し訳ございませんが、髪を整えていただきたいのですが」

「おいと、大丈夫だよね」

「はい。では、こちらに来て下さい」と、板の間の隣の座敷に通した。

「すみません。乱れたところを直していただけたら」

「はい。その後、太一郎先生からお便りは」

「ええ。晴れてお城に上りまして、お勤めも始まりまして、御挨拶やらで忙しくしているみたいです」

「私なんかはお武家さんのお仕事とかお付き合いは分かりませんが、大変なんでしょうね。それでリクさん、母からも聞いたかと思いますが、子供の手習いを教えていただけたらと思って」

「そうですね。先の事は分かりませんが、朝五つから四つ半（八時から十一時迄）、週四回くらいなら」

「それは助かります。早速、お母さん達に話します」

結い終わり、手鏡を見せて、「いかがですか」

「はい。結構です。お金の方は」

「結構です」

「申し訳ございません」

「話がまとまったら、私の親が伺います」

「はい。有難うございました」

「おっ母さん、よかったね」

「しかし、こういう時にも出掛ける用事があるんだね」

「お武家さんの世界は分からないね」

今日も梅雨で、降ったりやんだりでむし暑い。すぐに夏だと思うと気がめいる。こういう時の出張も仕事がないよりはいいが、意外と重なるもので、近くならいいが離れていると汗をかきながら次の場所へ。辛いが仕事があるだけいいと思わなくては。あとはお彼岸まで待つしかない。

「リクさんも大分慣れてきたようだよ。週に一度は出掛けている。おいと、リクさんも何か用事があるんだろうね。夕方には帰って来るけどね。お武家さんの家の決まり事とか、お屋敷内のやる事があるのかねえ」と話をしていた。

その週末に、リクさんが私の所に来て、

「実は急用が出来まして、出掛けなくてはなりませんので手習いが出来ません、子供さんには話をしましたが、親御さんには申し訳ありませんがお伝えしていただきたいのですが」

「はい。分かりました」

「来週は大丈夫だと思います」

しかし、わずらわしい例の男の他にも何かあるのだと思った。次の週は、いつも通りの手習いがあった。

お彼岸が過ぎると、朝晩は過ごしやすくなりお客さんも来るようになる。十月の月初め、おいとが家に帰ってきた時にリクさんが訪ねて来た。

「実はお話ししにくい事なんですけど」

「どうぞこちらに」

おっ母さんが「どうなさいましたか」と言うと、少しの沈黙の後、

「実は私には子供がいます」と言った。おっ母さんもおいとも驚いて顔を見合わせた。

「お相手の方は、美濃郡上藩でお父様は馬回役、佐伯仁左衛門様の御子息で、佐伯仲太郎様という方で将来の契りを結びました。ただ仲太郎様は一人御子息で、私も一人娘でして祝言を挙げるには難しい問題が残っていました。ある時、お父様の佐伯仁左衛門様が管理調教しているお馬は、近江彦根藩主井伊直勝様よりの御拝領のお馬で、その馬が突然死にました。その事でお父様は甚《いた》く責任を感じまして、御重役の方に切腹を申し出ました。御重役の方々の御相談の結果、お相手の殿様が御昵懇の彦根藩主井伊直勝様のお馬という事もあり、お父様の後を仲太郎様が引き継ぐという事に決まりました。

その時、私はふた月の子を身ごもっておりました。結婚もしていないのに不謹慎という事で、美濃郡上より下総市川に父川井甲衛門のお妹、叔母の勝目三衛門・きく様宅に移り、そこで出産して名を新一郎とつけました。ですから子供の事は私を入れて四人しか知りません。そして、叔母の一人娘たえ様の所でもお子が出来ませんでしたので、勝目家へ新左衛門様は婿に入りまして、きく様の御養子になったのでございます。父は、我家は私《わし》一代でもかまわぬと言ってくれましたが、その後、仲太郎様からは何も言ってこられません」と溜息をついた。

お静が「子供さんは叔母様が育てていらっしゃるんですか」と聞くと、

「屋敷内に叔母と姪のきわ御夫婦が同居しております。一応きく様ですが、皆様で見て下さっているようです。それで勝目家の養子として育てています。そんな時、美濃郡上藩江戸下屋敷内の事を手伝ってほしいと言われまして、御奉公に上ったわけです。このところ、子供の具合が悪いとの連絡がありまして、無理を言わせていただきました」

お静が「辛いお話ですね。これからはどうなさいます」

「その事ですが、新一郎が私の事を誰なのかと疑問を持っているように感じます。私も自分の子として接していたからなのかと思い、これではかえってきく様のご迷惑になるかと思い、伺うのは遠慮するべきではと、近頃感じております」

お静もおいとも黙って、言葉も出なかった。こんな辛い親子の生き方もあるのだろうかと思いながら、リクさんが、

「父も城中に上って納戸役をしておりますので、仲太郎様にお相手が決まれば分かると申しておりました」

お静が、

「仲太郎様からお便りがあるといいですね」とおいとが言うと、何も言わないで下を向いていた。

「リクさん、おいとは仕事がありますが、私で出来る事がありましたら、おっしゃって下さい」

「ありがとうございます」と涙を拭きながら言った。

おいとも、もし髪結いにならないでいたら、お里師匠に出会わなかったら、子供が生まれての生活の事や将来どうしていただろう。幸い私には両親がいて、子供を預けて仕事だけに専念していられる。人は話を聞いてみないと思いもしない事があるものだと思った。

その後、リクさんは叔母様の所へは行かなくなった。仲太郎様も三年もの間、お父様の後を引き継ぐお仕事のためなのか、ご自分の気持ちの拘りがあるのか、お武家社会の規律の非情さを知らされた思いだった。それでも文で「元気でいるか。私ももう少しで仕事のめはながつく。もう

少し待ってほしい」と書いて送ってくれてもと願うのは、女の我儘だろうか。交わした契りは女の命、誰にでも生きるためのささやかな幸を人の目をはばかりながら、女はその影の中でひっそりと耐え忍んでいる。リクさんはそれどころではないのかもしれない。今日か明日かと、会える日を信じて待っているのだろう。

おいとも今は髪結いとして生きる証は、三人の弟子達が自分の背中を追って精進していることだ。五年間努力した結果は楽しみであり、課題もある。次に繋がる個人の成長に期待しながら、自分もそうだが一人一人のお客さんを、さらに細かい好みを髪形に反映出来るように、互いの髪で稽古し合って努力をしている。

今年の仕事始めにリクさんが来た。

「おめでとうございます。旧年中はお世話になりました」

「こちらこそ。今年もよろしくお願いします」

ひと月振り、穏やかな顔をしていた。

「これから叔母の所に行こうかと思っています」

「伸太郎様からお便りはあったんですか」

「いいえ」

「お父様は今年で三回忌では」

「はい。余計な事ですが、お父様の御命日に江戸にて陰ながら御供養いたします」

「伸太郎様に文を送っては」と言うと、少し黙ってから、

「私も考えていましたが、迷っておりました」

「もう出されてもよろしいのでは。御養子になられた新一郎様の事も文にお書きになってはいかがですか。その御返事でおおよその事が分かるのでは。出過ぎた事を申しました。リクさんのこれからのお考えもあるでしょう」

「はい。御助言ありがとうございます」と帰っていった。

「おっ母さん、余計な事だったかね」

「そんな事ないと思うよ。一人で悩んでいるより誰かに言ってもらう事も。それに三回忌、いい機会じゃないかね」

「さあ仕事、おっ母さん、行ってきます」

おいとは、まだ寒い、通い慣れてきた今川町の店へ歩きながら、人はある年齢になるとしがらみや生きるための何かを背負いながら日々を送っている。何もない人はいないのではと思いながら店に来た。

「おはよう」

「おはようございます。お師匠さん、今日の出張のお客さんは二家入っています」

言われるとほっとする。毎年ながら一、二月は変わりばえしない月だ。今年は弟子達の技も上達はしていると思いながら結果がでない。更に技を磨くために努力をしてもらう。

お久も、六間堀のお客さんの髪を結えるかどうか分からないが、半年くらいにはと思いながら、お里師匠の技も高かったから、髪形全体が上達しないと難しいかもしれない。これはおいと自身も勉強のつもりで教える。お恵も町場のお客さんに花街のお姉さんの技をとり入れて、良くなったというような形になるように勉強させる。おみつは、髪形の基本を結えるようにさせる。今年はそれぞれの段階の技に向けて努力してもらう。一、二月は稽古の月でもある。そして三月には、お客さんの外出する時期に稽古の成果があがったと思えるようにする。

二月末にリクさんが夜、訪ねてきた。

「あら、お久し振りです」

「実はお話があってまいりました」

おっ母さんがお茶を持ってきてくれた。

「実は、自家美濃郡上から文が届きました。父に長年仕えている戸倉弥兵衛からの文で、『お父上が心の臓の病いで臥せっています。お父上もリク様にお会いしたいと申されています。ぜひお国へお戻り下さいます様』とのことでした。察するによほどの事だと思いますので、帰ってみようと思っています。それから以前お話をしました、倅の新一郎のことですが、叔母も勝目家に会いに行くのはお盆とお正月ぐらいと言ってまいりました。叔母は何も言いませんでしたが、やはり知っていました。叔母も『分かりました。お大事にと言っていたとお伝え下さい』と。私が国元に戻れば今後の事も分かるのではと思います。それで、手習いの方ですが……」

「その事はご心配なく」

「申し訳ありません。二、三日のうちに発とうかと思っています」

「お気を付けて」

おいとが「お父様も大分悪そうだね。仲太郎様の事も分かるでしょう」

「しかし、次から次と大変というより、お気の毒だねえ」

「仲太郎様はもしかすると祝言を挙げているのでは。かれこれ三年が過ぎたからね。余計な事だけど、リクさんに一番いい事は、仲太郎様と添い遂げて国元で暮らす事だけど……幸せになってほしいね」とおいとはしみじみと言った。


「おっ母さん、弟子達も上達したよ」

「随分稽古したものね」

「でもおっ母さん、皆心配な年頃になってきたからね。男の人の事だよ。前に三人に言ったのは、私が心配なのは男の人が何か言って来たら、私かおっ母さんに会わせてね。その男《ひと》が会わないと言ったら止めてほしいの。私はあんた達を親御さんから預かっている責任があるからと言ったの。本気になったら私達の話は聞かないでしょ。その先のことは分からないからね、とそんな話をしたの」

「言っておいた方がいいと思うよ」とおっ母さんが言った。


このところ、お京がよく来るようになった。

「お京さん、結い直しでよろしいですか」

「はい」

「まだお礼の御挨拶に行ってない所があるんですか」

「大体は行ったけど、このところお座敷が忙しいの」

「いい事ですね」

「それで、他の事でちょっとね。踊りの会で付けた左の桜の髪ざし、会のひと月前にあるお座敷で馴染のお客さんが飾り職人を連れてこられて、そこで踊りの会の話が出たの。その髪ざしを私に作らせて下さいと言われたの。そしたらその職人さん、直吉と言うんだけど、踊りの会でお金がかかるので結構ですとお断りしたら『お代はいらない』と言うんだよ。そして、期限ぎりぎりの時に簪《かんざし》を持ってきたの」

「どおりで、高そうな簪でしたね」

「会が終わった後で、私に付き合ってほしいと言われたの。私も急に言われても……考えさせてと言ったけど、お座敷の帰りに迷惑じゃなければ送らせてほしい、と言われて、一度あるお座敷の近所で待っていたの。そうしたら、人は見ているんだね。『お京さんのいい人』と言われて。私もお客商売だから、そういう噂はね……。それで丁寧にお礼をして、お返しを付けてお断りしたの。例えば、好きになったとしても、所帯という事になっても私は花街で育った人間だし、素人さんの家に収まるかは……。知っているお姉さんが所帯を持ったものの戻ってきたのを見ているし、それに直吉さんは私より若いしね」

「所帯となると難しいですね」

「そうだね。そんなことは忘れて、さあ、仕事。今晩は二組のお座敷が入っているの」

「頑張って下さい」

「ありがとう」

「お久、今の話を聞いたよね。人の話だと何となく聞き流せるけど、これが自分の事だとね。熱くなっているから、自分のいいようにしか思わないからね。出会いは縁だからね。先の事は分からない。普通の人でいいんだけどね。だけど、話がうまい男には気を付けるようにね」

笑いながら「はい」とお久が言った。

「好きだよ、所帯を持ちたい、俺の上さんになってくれ、なんて台詞は女に慣れた男は簡単に口にできる。女も初めてだと本気にするからね。それで契りを交わしたら、あとは女癖、酒癖の悪い人でないように祈るだけだね。お久、嫌な事を言ったけど、お久もお恵も年頃だからね。私も二人の幸せを祈るようだよ。だから髪結いの技を磨くんだよ。人に頼らないで生きていけるからね」

「はい」

五月に入ると、月の催し物などが多くなると、弟子達の動きもよくなる。その後、リクさんはどうしているのか、国元にはとっくに着いているはずだ。三年近く待った効があればいいが……と思いながら、おいともどうにもならない男との子供でも、今は生き甲斐になり将来への楽しみにもなっている。分からないものだというより、皮肉なものだと思った。リクさんも我が子であっても自分で育てる事が出来ない母子になっている。あとは伸太郎様が、互いに待っていた月日が無駄ではなかったと思える二人であればいいと願っている。

リクも久し振りに我が家に帰ると、下男の吾平とよしが迎えてくれた。

「お嬢様、お帰りなさいませ」

あとは言葉にならない。戸倉弥兵衛も迎えてくれて、

「お父様もお待ちかねでございます」

「父上、リクです」

「リク、よお戻った。大変であったろう」

力のない声だった。思わず涙がこぼれてきた。父も泣いている。

「今日は疲れておろう。リクが帰るので、吾平とよしが料理の準備をして待っていた。それを食べてゆっくりするがよい」

「はい」

「話は明日じゃ」

「はい。母上に御報告してまいります」

リクは仏間に行き、仏壇の前で手を合わせた。

「ただ今帰りました。父上、母上には私が至らないばかりにご心配、ご迷惑をお掛けしました。申し訳ありません。ただ孫の新一郎は叔母様の元で元気に育っております。三つになりました」

と報告した。

翌朝、「父上、おはようございます」

「ゆっくり休めたか」

「はい。父上、お加減の方は」

「それが、なかなか良くならないで困っておる。それでリク、勝目さわからの文で、新一郎はきくの養子になったとあるが」

「はい。大きくなりましたが、伸太郎様からは何の御連絡もございません。どうなっておられるのでしょうか」

「それが、佐伯仁左衛門殿が亡くなって間もなく、母上のおよ様も亡くなられて、周りが早く嫁をと御重役からも言われ、御重役小池浅衛門様の御親戚筋の浅田新左衛門様の次女楓殿と祝言を挙げた。リク、許せ。その事で私《わし》には何も言えなんだ。こんな時にせつがいてくれたら、少しは違っていたろうにと思うと残念じゃ。伸太郎殿も周りの世話で、あわただしく婚礼をしたようだ」と涙をこぼしながら、きれぎれに話した。両親はいない、親戚は少ない、世話してくれる人の意のままだったと。

　リクも何も言わないで聞いていた。しかし、リクは父親のあまりの身体の衰弱さに無理は言えなかった。父から聞いた話で、おおよその事は分かった。

　その時、「失礼します」と中間《ちゅうげん》の市ノ助が挨拶に来た。

「お嬢様、お久し振りでございます。出掛けておりましたので」

「元気そうでなにより」

「はい」

　男らしい若者になっていた。

「吾平にも言って、昼は皆でいっしょに食べましょうと伝えてくれませんか」

「はい。伝えておきます」

「準備は出来ていますので、どうぞ」

「父上もいっしょに」

「私はよい。後でする」

皆で膳を囲むのも懐かしいとリクは思った。

「私もうれしいです。吾平、よし、美味しかったです。御馳走様でした」

リクも今は仲太郎に会って、なぜ祝言の事を話してくれなかったのかを聞きたい。契りは戯れだったのか。あとは新一郎の事を話さなくてはならない。仲太郎にも子はすでにいるのか。いくらお父様の事が忙しかったとはいえ、私に文の一通くらいは書けるはず。私は今日か明日かと待っていたのに……。

翌朝、「父上、おはようございます。今お話をしても大丈夫ですか」

「大丈夫だ。どうじゃ、ゆっくり休めたか」

「はい。父上、皆も変わりなくよくやって父上に仕えてくれて、よろしゅうございますね」

「皆、よくやってくれる」

「ところで、仲太郎様は私に子が生まれた事は知っているのでしょうか」

「私も城中にいた時も会う事はなかったし、リクの子のことは勝目殿、きくしか知らぬと思う」

「これは私事ではありますが、仲太郎様に新一郎の事だけは話しておきたいと思います」

父も少しの沈黙の後、

「仲太郎殿もリクが江戸に行った事は知っていると思う。江戸下屋敷へ何らかの形で伝わっているし、御奉公している事は国元には伝わっていると思う」

「それで一通の文も出さないというのも、どういう事なのか……」と言うと、リクは涙を拭いた。

「私も今は少し落ち着いたが、倒れてどうなるかと思いながら、最近になって、そういえばリクはどうしているのかと……それで戸倉が文を出したと思う。リクの一生にかかわる時に何もしてやれなくてすまなかった」

「いいえ。私も会って申し上げたき事はありますが、仲太郎様も祝言を挙げられましたのに、なぜお便りをいただけなかったか……。今は新一郎の事だけは知ってもらいたく、文を出そうと思います」

「しかし、突然の佐伯家の大事だったとはいえ、一度ぐらい文で今の事情を書いてくれてもいいと思う」

「父上、私は江戸に戻りましたら、手習い、礼儀作法などを教えて生活して行こうかと思います」

「そうか」と力なく言った。

リクは、早速仲太郎に文を書いた。

「佐伯仲太郎様
川井リクでございます。お久し振りでございます。父が病いで倒れて臥せっていると連絡がありまして美濃にまいりました。それで伸太郎様が婚礼されたと国元に来て聞かされました。ただ、婚礼前に御連絡していただきたかったと思いました。

私が江戸に行きました訳は、美濃にいた時に子が出来まして、叔母の家で出産いたしました。名は新一郎で三歳になりました。その事だけはお伝えしたく筆を執りました」

何と言ってくるか、言ってこないかもしれない。江戸に戻って、生活のための仕事をしなくてはならない。

「父上、私も伸太郎様に文を書きましたが、返事が来るのを待っているわけにはいきません。江戸に行って働きます。下屋敷にも戻りません」

じっと聞いていたが、「ううん」と言って、「大変で辛かろうが、いつでも戻ってくるがよい」

「何かの時には文を書くようにします」

「リク、これは……」と言って、手文庫から、

「お前の婚礼の時にと用意しておいた金子じゃ。何かの時の足しにするがよい。私が元気でいたらと思うと無念じゃ」と、涙を拭いている。

リクも泣きながら、

「父上に一度、新一郎に逢わせとうございました」

「ううん」と言って、目を閉じて涙を拭いた。

「リク、体に気を付けてな」

言葉にならないで御辞儀をした。

リクの新たな自分の決意であり、伸太郎との別離でもあった。

おいとは、出張に行った先で、髪を結い終わった後で、

「新茶が届きましたのでどうぞ」

「御馳走になります。香りもいいし、美味しいです。仕事をしていますと、季節の事に疎くなります。今日は有難うございました」

そういえば、リクさんはどうしているのか。伸太郎様とお会いできればいいがと思いながら、このところ気候もいいので、仕事も忙しい。弟子達の今の稽古も手慣れて、仕事も少し早くなってきた。弟子達の我慢の努力、私もそれを見ながら成長を待つ事にも慣れてきた。

ある出張先のお屋敷に上がってから結い終わって帰るまでの女中さんの礼儀の一連の動作が、見ていて気持ちがよかった。弟子がいる場合、簡単な決まり事があった方がいいと思った。家《うち》には自分を含めて四人いる。全員がいっしょの所作であれば、印象はいいと思う。次の稽古の時にでも話そうと思った。

「ただいま」と家に戻ると来客が、

「おじゃましています」

「あら、リクさん。いつ帰って来たんですか」

「八つ（十四時頃）です。部屋の掃除をしたりして、今こちらにまいりました」

「それでと言ってお聞きするのもはばかられるのですが……」

「はい。伸太郎様は奥方を娶っておられました」

おいともお静も驚いた顔をした。

「それで、国元を発つ時に文を残しました」

リクさんが、文の内容を話し出した。

「父から聞いた話、私の想っていた事を書きました。何らかの返信があるのか分かりません。これで、私が美濃に行った意味が終わりました。ただ、父の容体が悪いのが心配です。そして江戸に戻って来たのですが、もうお屋敷にも戻りません。生活のために働こうと思います。これからは新一郎の成長を遠くで見守りたいと思います。そして手習い、お茶、行儀作法を教えていこうと思っています」

おいとが「私達に出来る事があったら言って下さい」

「はい。長々とお話を申し訳ありませんでした」と帰っていった。

「しかし、伸太郎様はリクさんの事をどう思っていたのかね。気持ちが変わったのか……。私がとやかく言うことでもないけど、好きだったら今後の事もあるので手伝ってほしいとは言えなかったのかね。お武家だからというより、その人の想いじゃないかね」

おっ母さんが腹立たしかったのか、興奮していた。

「リクさんが気の毒過ぎるよ」

「おっ母さん、店の事だけど、お客さんへの接し方というか礼儀を全員が出来るようにしようかと。出張で行っているお屋敷の女中さんなんか皆同じ所作で、何か気持ちいい。うちのお店も皆が同じようにお客さんへ接することが出来るようにしたいと思ったの」

「そうだね」

「格式張らなくてもいいから。そうだ、リクさんに聞いてみよう。リクさんに会ったら私の所に寄ってと言っておいてくれる？」

「はいよ」

それから何日かして、リクさんが、

「ごめんください。私にお話があるとか」

「はい。実は、私の店もいずれ娘も店に入ると思いますので、お客さんへの礼儀を統一した方がいいかと思いまして」

「そうですね。御辞儀の角度、姿勢、そんな事ですね。いい印象になると思います」

「私の所は八つ（十六時）頃からです」

「はい。今回は明日からでもよろしいですか」

「はい。お願いします」

当日の八つ（十六時）前にリクさんが来た。

「ごめんください」

「はい。今日はよろしくお願いします」

店には、おいとの娘さちも来て、五人になった。

「私は川井リクと申します。よろしくお願いします。では、お客様をお迎えしてお帰りになるまでの簡単な礼儀作法を皆さんへお伝えします」

「まず、お客様が『ごめんください』と入って来たら、座敷に正座をして両手をついて、額に両手がつくかつかないぐらいです。こんな姿勢です。この時に顔はゆっくり上げて下さい。そして、『ではこちらに』と言ってやや腰を曲げるように、座る所へ右手で『こちらにお願いします』。お客様が座ったら『いらっしゃいませ』とお辞儀は初めに見せた時と同じです。『いらっしゃいませ』『失礼します』と手拭いを掛けます。

今日は、今お話しをした事を稽古したいと思います。まずは、お久さんがお店の人で、お恵さんがお客様で入口に入ってから始めて下さい。

入口が開きました。お恵さん『ごめんくださいませ』。ではお久さん『いらっしゃいませ』。そう、少しゆっくりお辞儀を。『はい』。そして次に『ではこちらに』と腰をやや曲げ、右手でお席に。そんな風に。次にお辞儀です。『いらっしゃいませ。失礼します』手拭いを掛けます。

今やった事を代わるがわる稽古して下さい。さちさんも、少しずつでいいですからね。それと、うなずくだけではなく、これからは『はい』、『失礼します』が自然に出るようにして下さい。『はい』ですよ」

さちが「はい」と言った。

「そうです。次回来る時までに、この動きが自然に出来るように、お仕事の始めでもいいし、終わった後でもいいから毎日稽古して下さい」

全員で「はい」

「そうです。私もこれからは、おいとさんではなく、お師匠さんと呼びます」

おいとが「では、私もリクさんではなく、先生と呼びます」

「よろしくお願いします」

おいとと皆が「ありがとうございました」と礼を言った。

「お疲れ様でした」

初めはぎこちなかったが、だんだん自然な動きになり、帰る時の礼儀も身に付いてきた。


そして、各自の稽古も、お久が今取り組んでいる髪形は、実は高い技量が必要で、それを承知の上での挑みであった。私の師匠のお里さんが稽古を重ねた努力での髪形はお久には言っていないが、言っても形にする事は難しい。素人さん用の髪形の中に品と粋と艶やかさを加えている髪形だから、師匠も悩み迷ったし、苦しんだと思う。お久はその髪形を見知っているだけいいと思うが、生易しい形ではない。稽古をして半年ほどになる。初めはふた月、み月で結わしてもらうと言っていたが、難しいと思ったに違いない。

「ここまできたら、結果はどうあれ、一度結わしていただけるか分からないが、お宅に行ってお願いしてみたら」と、お久に言ってみた。

お久が早速聞きに行くと、お久の事を覚えていて、「明後日、四つ（十時頃）に結わせて下さると言ってました」とのことだった。

お客様も結う人の技量を見きわめる目を持っている。お久が今持っている技を試す貴重な経験だと思えばいい。

当日になり、お久が出向いた。

「ごめんくださいませ。お言葉に甘えて伺いました」

「どうぞ」と女中さんに通された。

「厚かましいお願い、有難うございます」

お久も今まで稽古してきた事が出来ればいいと思いながら、お客様もじいっと見ている。緊張しながら結い終わって、お客様が、

「あなたもずいぶん努力したんでしょうね」

「有難うございます。お里師匠に、あのお客様の髪を結えるようになったら一人前だと言われました。今日は本当に有難うございました。それでは、失礼いたします」

「お師匠さん、ただいま帰りました」

「お疲れ様、どうだった」

「はい。稽古の形は何とか出来たと思いました。ただ、今の奥様はお里師匠の形とは違っていました。お客様が、よく覚えていたわねと言われました。それで髪飾りも地味でした」

「初めてだし、緊張して何を結ったか分からなくなっているんじゃないかと心配したよ」

「私も緊張はしましたが、手は動きました。次は分かりませんが、良かったと思いました。有難うございました」

それから十日が過ぎた頃、

「ごめんくださいませ。私は六間堀三浦屋の者ですが、こちらは〝髪結い床おいと〟さんのお店で」

「はい」

「こちらにお久さんという方は」

「はい、おります」

「明日の五つ（八時）に来ていただきたいと、奥様が聞いてほしいと。いかがでしょうか」

「今近所に出ていますが、大丈夫です」

「ではお願いします」

お久が帰って来た。

「お久、今、六間堀の三浦屋さんが来て、明日五つ（八時）に来てほしいって」

「本当ですか」

「お久、よかったね」

「私も半信半疑だったんですけど、半年近く稽古した結果が次に繋がればいいと思っていました」

「あの髪形に賭けた、お久の努力が結果になったんだろうと思うよ」

「はい」お久も涙を拭いている。

「私もうれしいよ」

翌日、朝五つ（八時）少し前に三浦屋に行った。

「おはようございます。お久と申します」

女中さんが「お待ちしておりました」

前回と同じ部屋だった。

「おはようございます」とお辞儀をして、「本日は有難うございます」

「お里さんに結ってもらった時を想い出して、今日は主人と寄合に出掛けるのでお願いしたの」

「では、始めさせていただきます」

「よろしく」

「はい」

「あなたがいるお店の人は、皆それなりの努力をしているのだと思ったの。初めての方、清吉さん、この方も上手だったの。そしてお里さん。いっしょに来てよく見ていたわ。それで清吉さんが止めてお里さんに変わって、どうかと思ったけど、お里さんがここまで出来るとは、それなりの努力をしたからだと思ったわ。そしてお久さんも」

「私も師匠に三浦屋様の髪を何とか結えるようにと言われて、自分なりに努力をしました。お里さんにも、私が結っている形を頭に焼きつけるようにと言われました」

「お宅のお店の技術の系統は、皆努力してのお店作りなんだと思ったわ」

「有難うございます。これでいかがでしょうか」

「はい、結構です」

「有難うございました」と両手で額に付けた。

「これは御代で、これは気持ちね」

「え、有難うございます」

お久も、帰途、思い返すと熱いものがこみ上げてきた。早く帰ってお師匠さんに話そう。

「ただいま帰りました」

「お疲れ様」と言われたら涙がこぼれてきた。お久も言葉にならない。

「お久の顔を見れば分かるよ」涙が止まらない。

「お久、よかったね。なかなかここまでくるのは大変だったろう」

「三浦屋さんの奥様が、あなたのお店の技の系統は、皆努力しての店作りですねと言われました」

「お久、おめでとう。でもこれからがお久の持ち味という結い方を作っていくのだからね」

「はい。それで奥様にこれを、心付けをいただきました」

「それはお久が努力したお祝いみたいなもの。いただいておきなさい」

「有難うございます」

「この事はお恵、おみつにも話せば、何よりの励みになると思う。ただ、それなりの努力の上にあるからだと思ってと稽古の時に話すよ」

その月の全員の稽古の時に、さちも参加させた。

「今日は皆にいい話をしようと思っているの。お久が今年の初めから半年をかけて稽古をしたお客さんの髪形を、お恵もおみつも知っていると思う。奥様に誉められたと言って帰って来たの」

三人が一斉にお久の顔を見た。

「そのお客さんは清吉さんからお里さん、そしてお久と。そのお師匠さん方は貧しい育ちで苦労し、努力をして身につけた技でお店を出し、一色町界隈では評判のお店になった。お里さんは病いで亡くなったけど、先輩《せんぱい》が努力して作り上げた技をこれからは私達が受け継いでいこうと思うの。お久もそういう一歩を踏み出したという事を皆に話したかったの。今回の事はお久の努力だと思う」

皆が一斉に拍手をした。お久も涙を拭いている。

「お師匠さん、有難うございます」

「それから、リク先生に教えてもらった礼儀も、これも皆の努力で私達のお店の形にしましょう。それは、いずれお店の主張として自慢になると思う」

「はい」

それからというものは、稽古する努力の意識が変わってきた。それと、お客様への礼儀もまだ不自然なところはあるけど、教えてもらってからひと月が過ぎた頃、

「今晩は」とリク先生が来た。

「その節は有難うございました。それで今は今川町の自宅で、手習いが終わってから、叔母の知り合いの家でひと月に四度ほどお茶を教えています。近い内に行儀作法が始まります」

「何かとお忙しくなりますね」

「はい。でも新一郎の事を想うと逢いたくなりますので、今は忙しい方がいいのです」

「それと、御指導していただいた礼儀は基本でしょうけど、徹底したいと思っています」

「師匠のお店の格が上がります」

「有難うございます」


秋の気配が感じられる頃に、今川町の店に、

「ごめんくださいませ。私は美濃郡上藩川井仁左衛門の使いの者で市ノ助と申します。こちらにくれば川井リク様の御連絡先が分かると言われてまいりました」

「はい、少々お待ち下さいませ」

お静が「お恵さん、おいとの所へお連れしてくれる」

「はい。では、お師匠さんは少し離れた所にいますので」とお恵が案内した。

「遠い所から大変だったですね」

「いいえ。江戸は少し遠いですけど、いろいろの所に行っていますので慣れています」

「この店です。こんにちは、お恵です」

「はい」

お久が「お客様?」

「はい」

お師匠さんが「おいとと申します」

「初めまして。私は美濃郡上藩川井仁左衛門の使いの者で市ノ助と申します」

「はい」

「実はお父様の事でお話がございますので、おいと様の所に行けばリク様の事が分かるとお聞きしましたので伺いました」

「はい。それは御苦労様でした。リク様は今はいろいろのお仕事をしていまして、今はお茶のお稽古だと思います。もう暫くすると戻られます」

「はい」

「お恵、市ノ助様に今川町の家の方で待っていただいた方がいいかもしれない」

「はい。では、申し訳ありませんが、今川町の方にお願いします」

「はい」

「江戸は初めてですか」

「はい。家も人も多いですね」

「この深川は江戸では一番の街です」

お恵も何とはなしに、大人の男の人と話をしたのは初めてだった。

「お疲れでは」

「大丈夫です」

「すみません、お母さん。リク様にお話があるというので戻りました」

「では、こちらでお待ちになって下さい。直に帰ると思います」

お静が「どうぞ」とお茶を持ってきた。

「申し訳ありません」

「おみつ、先生の所に見に行ってくれる」

「はい」

間もなくすると、リク先生とおみつが来た。

「先生、どうぞ」

家に入ると、リク先生が、

「市ノ助、どうしました」

「お嬢様」と言って目頭をおさえた。

「すみませんでした」

「何かあったのですか」

「はい」

「市ノ助、私は、今は長屋住まいです。狭いですけど、便利で気軽です」

「お嬢様がこのような所で……おどろきました」

「ここです。どうぞ」

「はい」

「お茶を持ってきます。それで、何かありましたか」

「はい。九月末にお父様がお亡くなりになりました」

リクはびっくりして、言葉が出なかった。

「私が美濃に行った時にも大分悪いと思いました……」リクも流れる涙を拭いた。

「それで、お家に関する事などを書いた物を戸倉様よりお預かりし、お持ちしました」

「そうでしたか。それで吾平とよしは？」

「はい。お国へ帰られました。それに、お父様はお亡くなりになる前から、家来に渡すためにと用意されていて、戸倉様より今後の足しにと金品をいただきました」

「そうでしたか」

「その書状がこれです」

「はい」

「あと、お城のお役の事も戸倉様がお届けしましたと、リク様におっしゃって下さいと申しておりました」

「大変でしたね」

「それで、納戸役に新しい方が着任されました。その方は、梶山太一郎という方です」

「そうでしたか。これも何かのご縁、また御連絡があるかもしれません。それで、市ノ助はどうするのですか」

「私もまだ考えていませんが、国へ帰っても……。私も江戸に来てみて、私に何か出来る事があれば住んでみたいと思いました」

「それで市ノ助、下屋敷に行った時に私の事を聞かれても、知りませんと言って下さい」

「はい。私はこれから一度お国へ帰りまして、戸倉様に頼まれた事をお話しして、それでお役は終わりです」

「それでは夕餉にしましょう。この辺でお食事する所があるか、お静さんに聞いてみます」

お静に「何を召し上がりたいのですか」と聞かれ、市ノ助が「私は何でも結構です」

「では、天ぷらそばはいかがですか」

「初めてです」

「ではその店は、この道を行った所にあります」

「有難うございました」

巴蕎麦とあった。

「ごめんください」

「いらっしゃいませ」

「天ぷらそばを二つ、お願いします」

「はい」

間もなくすると、「お待ちどおさま。どうぞ」

「いただきます」

「いやあ、おいしいです」

「江戸にはもっといろいろな所があるみたいです」

「おいしかったです。御馳走様でした」

「それでは、今日は近くの旅籠に泊まり、明日、下屋敷に行っては」

「はい、そうします」

リクが旅籠へ案内した。

「この旅籠です」

「ごめんください。一人ですが、よろしいですか」

「はい」

「お代はこれでお願いします」

「お嬢様、今日は御馳走になったり、旅籠のお金まで出していただきまして、有難うございました」

「戸倉にも感謝をしていると伝えて下さい」

「はい」

リクは、市ノ助を送った帰りにおいとの家に寄った。

「先ほどは有難うございました」

「お帰りになったんですか」

「明朝発つと言っていました。実は、父が九月末になくなりまして、その事の連絡で下屋敷の方に用があると言っていました」

「そうですか。お淋しいですね」

小さく「はい」と。

「それと梶山太一郎様が……」と言ったので、おいとはどきっとした。

「納戸役に着任されたと申しておりました」

「そうでしたか」

おいとも伸太郎様の事は聞けなかった。リクさんが、

「もしかすると、太一郎様から文があるかもしれません。その時にまた」と帰っていった。


穏やかな気候から寒気を感じるようになり、おいとも暮れの準備が始まるのが楽しみでもある。今年の暮れはいつもと違うと期待をしている。

弟子達も店に入って四年、五年と経ち、おみつは別としてそれぞれの技も上達してきた。お久が取り組んだ技にも努力が結果として出ている。お恵も地元のお客さんの技にも安定して、花街のお姉さん達の髪形の稽古を始めている。おみつも結い方の基本は出来ているので、新しい髪形へ挑んでいる。今年が今までで一番、皆の技術が充実していると思う。弟子達も技への意識が高くなっているし、礼儀も身についてきている。

おいとも、こんなに早く店の形が良くなるとは思ってもみなかった。この状態が来年になったらさらに良くなると期待している。十一月までは今までより少し良かったが、十二月に入ると急に忙しくなって、そのままの流れで大晦日の三日前からは最高の人数を結い上げた。さちも手習いの後は店に来て手伝っている。

大晦日は大変な忙しさだった。終わった後でおいとが、

「お疲れ様でした。皆のお陰で私もお店を始めて最高のお客さんの人数を皆と結い上げる事が出

来ました。これも皆の努力をした事の結果だと思います。これからも私達のお店は、努力をして技を磨き、お客さんに認められるように頑張りましょう」

全員で「はい」と声を揃えた。

「それで、これはお給金とお年玉」と言うと、弟子達が「うわ」と声を上げて喜んだ。そして全員で「お疲れ様でした」。

皆で家へ帰ると、おっ母さんが年越しそばを用意して待っていた。おっ母さんが、

「お腹が空いたでしょう。さあ食べて」

全員で「いただきます」

「まだおそばはあるからね」

「おいしかったです。ご馳走様でした」

そして、皆「よいお年を」と言って帰っていった。

おいとが「おっ母さん、さちも手伝ってくれたんだよ」

「皆もよくやってくれたよ」

「私も考えもしない忙しさだった」

「今までよく稽古したからだね」とおっ母さんが言った。

「おっ母さん、おにぎりありがとう。これ、皆と同じお年玉」

「娘に貰うなんて、うれしいよ」

「それじゃあ、おやすみなさい」

正月二日はいつも通りだが、今年は弟子達も自覚を持って稽古をしている。お久のお客さんの三浦屋さんからも出張の依頼があるようになった。

桃の節句が訪れ、ひな飾りが飾られると、今年もいい天気が続きますようにと、おいともお天道様に手を合わせた。
一、二月は寒いうえに天候が不順だったので、三月に入って店も客足が伸びるようになって来た。月の中頃になり、市ノ助が訪ねて来た。
「おいと様、お久し振りです。実はリク様への文をお預かりしてまいりました。小田原の方に用事がありましたので、江戸へまいりました」

「そうでしたか。リクさんも直に戻ってこられるかと思います。こちらでお待ち下さい」

「はい」

「美濃の冬は寒いんでしょうね」

「一、二月はまだ雪が降るので、外へ出る事は少ないです。その点江戸は活気がありますね」

「お久、今川町の方で待っていただいた方が」

「はい。では行ってきます」

お久と市ノ助と連れ立って、今川町へ向かった。

「お久さんはどちらの方なんですか」

「梅田といっても分からないと思いますが、畑が多く田舎です。荒川を渡ると渡る前とは大違いです」

今川町の家に着き、「聞いてまいりますので、しばらくお待ちください」と市ノ助へ告げ、

「こんにちは、お母さん」

「はい」

「市ノ助さんが見えて、リク先生がお戻りになる頃かと思い来たんですけど」

「お久し振りです。市ノ助です」

「そうだね。直接先生の住まいに行った方が」

「はい。そうします」

お久がリクの家へ行ってみた。

「ごめんくださいませ」

「はい」

「市ノ助さんがお見えになりました」

「それはすみませんでした」

お久が「私はこれで失礼します」

「有難うございました」

「市ノ助、何かありましたか」

「はい。小田原まで来たものですから、戸倉様から文をお預かりして来ました」

「それは大変でしたね」。市ノ助が「これです」と渡した。

「川井リク様へ
お父様には長年にわたってお仕えさせていただきました事、お礼の申し上げようもございません。お父様がお亡くなりになる前にお聞きしました事を、リク様にお伝えしてほしいと文にいたしました。仲太郎様の御祝言後のことでございます。

仲太郎様は、お仕事の馬廻り役は今まで携わった事がなく、お仕事に馴れるには二年、三年でも難しい。管理調教ですが、相手は何といっても生き物ですし、充分に知っていたお父様でさえ突然のお馬の大事となったわけです。仲太郎様はお馬の事は何も知らないのと同じです。それに祝言後のお付き合い、もろもろの事が重なり体調を崩されて、今は臥せっているとの事でございます」

リクも読み終わって、何も言う事はないと思いながら逡巡していると、市ノ助が口を開いた。

「戸倉様がこの文をリク様にお渡しした方がいいのか迷っておられましたが、お父様が御見舞に見えた方から聞いた事を文にして、そして機会があったらお嬢様に渡してほしいと申されていましたとか。それで私が小田原に行く用事がありましたので、戸倉様からお嬢様へ文を届けてほしいと頼まれまして、お持ちいたしました。それで戸倉様は御自家にお帰りになりました」

「そうでしたか。私も美濃には帰りません。大変でしたね。御苦労様でした。それで、明日発つのでしたら、あの天ぷらそばを食べに行きますか」

「はい。おいしかったです」

「では行きましょう」

「ごめんくださいい。天ぷらそばを二つお願いします」

「ヘイ」

「では、いただきます。美濃の食べ物は江戸に比べると質素でございますね」

「私も外ではめったに食べませんが、おいしいですね」

「御馳走様でした」

「それと、これは旅籠代金です」

「申し訳ありません」

「市ノ助、今日は文をありがとう。気を付けて帰って下さい」

「はい。失礼します」

リクも家に帰りながら、伸太郎様も思いもしない事でお体を崩すとは……、奥方と幸せな生活を送っているとばかり思っていた。私は、今は人の事より自分の生活の基盤となる仕事を作らなくてはならない。そして父上からいただいた金品を、新一郎が成人した時に叔母様から「御祖父《おじい》様《さま》からです」と言って渡してほしいと、そう出来るようにしたい。

おいとが家に帰ってきた。

「ただいま」

「おかえり」

「市ノ助さんは帰ったの」

「リクさんと夕餉に天ぷらそばを食べて、旅籠に泊まって明日帰るんじゃない」

「何か連絡する事があったんじゃない」

「リクさんもいろいろ教える事で忙しくしているから、いいんじゃないかね」

二日後の夜に、リクさんが「今晩は」とやってきた。リクさんが文の内容をおいとに話した。

「そうでしたか」

「私も祝言後は落ち着いてお幸せかと……。分からないものです」と目を伏せた。

「美濃の屋敷は処分されて、戸倉も自家へ帰ったそうです。それで、市ノ助が江戸で仕事をしたいと申しておりますが」

おいとが「そうですね。口入れ屋という所がありますが、どんな仕事があるか分かりませんけど、そこで探すのが一番早いかと思います。ですが、景気が悪いのでいい仕事はないと聞きました。あとはご自分でやりたい仕事をそこに行って聞いてみるとかですね」

「市ノ助も父の所の中間をしておりましたので、出来る仕事は限られていると思います。何かありましたらお声をかけて下さい」

「はい」

「失礼します」

「お父っさんも聞いたでしょう」

「うん。しかし難しいな。若いといっても二十五、六歳、それにお武家さんの中間の仕事といっても、こういってはなんだけど雑用だったろうから。二十歳前だったら何か職人の見習いとか、それに部屋の中でじっくりやる仕事はどうかな」

「そうだね。職人で、何をするといっても自分より若い人に使われるのも我慢出来るかね」

おっ母さんが「お前さんも心掛けといてよ」

「うん」


今年は通年を通して繁盛したが、それが暮れまで続いた。そして大晦日はひっきりなしにお客さんが来たので終わったのは年明け八つ（二時）になった。

「皆、お疲れ様。自分達の力でここまで出来るんだという自信にもなったと思う」

「はい」

「ではお給金と、これは皆が頑張ってくれたので私からの気持ち」

皆が「うわ」と大喜びだった。

いつものように年越しそばを食べて、「御馳走様でした」と帰っていったが、お恵が、

「お師匠さん、藪入りの日に家に帰ってもいいですか」

「いいよ」

「では帰らせていただきます」

おいとも家に帰ったのは元旦の八つ半（三時）ですぐに寝入り、起きたのは翌朝四つ（十時）、さすがに疲れた。

「お父っさん、おっ母さん、おめでとう」

「おいとも大変な大晦日だったね。弟子達もよく頑張ったよ。さちも頑張ったね。今年から皆の稽古の時、いっしょにするかい」

「はい」と言った。

　おいとも、今年はどんな年になるか、わくわくしてきた。

　おいとは、髪結い床を出してからのこれまでの事を振り返ってみた。弟子達の稽古を見ながらそれを見極めて、差し障りのないお客さんを結わせる。これはお里師匠譲りの指導と同じで、そうせざるをえない事情があったからだ。

　師匠も両親はいてもお爺さんに育てられて、不遇な家庭の事情の中で早く一人前の髪結いになるために一心に稽古をした。お里さんの最初の師匠は、お里の家庭の事情を知っていたので、聞けば教えてくれ、やさしい髪形は結わせてもらえた。一般の髪結い床では、「下梳《と》き三年、梳きて三年、見習い三年で髪結いになれる」と言われるが、技は見て覚える、仕事は教えないのが一般的な指導だった。

　お里さんの次の師匠は一色町の花街で苦労をして、努力をして技を会得した師匠だった。仕事は教えてくれるが、来るお客さんが花街のお姉さん達なので、一般のお客さんの髪形とは違っていた。お姉さん達に対応するためには、ある程度の技があり、さらに慣れないと結えない髪形だったので、大変な努力をして技を磨いていた頃に、私はお里師匠の弟子にさせてもらった。そんな時に、私が幼馴染みと、その知り合いに手込めにされ子供が出来た。喜ばれるどころか、その男から石段の上からつき落とされた。幸いなことに私も子供も一命はとりとめた。しかし子供の世話で一年くらいはお店に行けなかった。その後、おっ母さんに助けてもらい、お乳を仕事の間にあげて、仕事も早めに終わらせてもらえた。子供が乳離れしてからは、とにかく稽古をして一人前になるために努力をしたし、お里師匠も早く上達するようにと教えてくれた。

そして、私を入れて弟子は三人に増えていた。それは、何があっても自立すれば一人でも生きていけるという信念があったからだと思う。そしてあまりにも早いお里師匠の死は、人に頼らないで生きる、さらなる技への努力を怠らないようにという教えだと思っている。

今年の春頃からは、各自の努力する目標が分かって稽古に取り組んでいる。技が高度になるほど時間がかかる。さらに細かいところまで形を把握し、一つの形を完成させる事をめざすようにする。そして、着物が袷から単衣に変わる頃は活気づき、お店も順調にきている。何よりも天候が空梅雨だというのも幸いしている。

そして、お盆の藪入りの日の夜にお恵が帰って来た。

「今晩は。今帰りました」

「どうだった」

「おっ母さんの髪を結ってあげたら喜んでいました。それで……」と言って少し躊躇してから、

「実は所帯を持ちたいと思っています」と言った。

おいとはびっくりした。お恵の顔を見て言葉が出てこなかった。

「お相手は」

「市ノ助さんです」と聞いて、またびっくりした。

「お恵の親御さんは知っているの」

「はい」

「そう。お恵がはっきりと言ったのだから、私は言う事はないけど。それで、市ノ助さんの仕事は決まったの」

「はい。お城のどなた方の御家来になると言っていました」

「それならいいけど。それじゃあ、お恵が美濃に行くわけ」

「はい」

「市ノ助さんのご家族は」

「ご両親と弟一人と妹が一人です。それで、秋には簡単な式を挙げる事になりました」

「そうだったの、それはおめでとう。日時が決まったら教えてね」

「はい」

「それで、お店の子には言ったの」

「いいえ」

「では、祝言を挙げる日が決まったら皆に言うようにするね」

「急に勝手な事を言って申し訳ありませんが、よろしくお願いします」

「はい、分かりました」

「おっ母さんも聞いていたよね」

「しかし、いつの間にそんな関係になったのだろう。知り合って数度顔を合わせただけだったように思う。それとも、市ノ助さんが江戸に来て会っていたのかしら」

「うん」

「早いというか、式まで話をしているなら本気なんだろうね」

おいとも蒲団に入って、年頃だからいつかはとは思っていたが、いざ言われてみると何とも言えない。あと二人の弟子がいるが、いつ相手と出会うか分からない。とにかく初めての経験なので、店の大きな損失には違いない。

でも髪結いをやっている以上はこのくり返しなのか。だから常に人を雇い育てていかなくてはならない。そして早く稽古を重ね、努力をさせなくてはならないし、教えなくてはならない。この事をおいとは店の心得としなくてはならないと思った。

それから何日かして、リク先生が来た。

「今晩は。御無沙汰しております」

「お忙しくて何よりです」

先生が「ところで、市ノ助からの文で、こちらのお店のお恵さんと所帯を持つとありました。びっくりしています」

「私の方にも藪入りの夜に来まして、式を挙げると言っていました」

「申し訳ないと思っています」

「私の弟子達も年頃と思いましたが、言われてみると何ともいえない気持ちでした。それで式には」

「それが私もなかなか時間がとれません。文とお祝い金でも送ろうかと思います」と先生が言った。

おいとも、「私も出席してあげたいのは山々ですが、片道で七日、八日かかるみたいで、私も出席する事は出来ないと思います」

「しかし、あまりにも急な事で驚きました。いつ、どこで話をしたのでしょうか」

「先生、私の所もあと二人います。又新しい子を入れて教えなくてはなりません。技術職の宿命です。とにかく、二人の幸せを祈りましょう」

「そうですね」

お恵も市ノ助と出会って日も浅いのに、突然、所帯を持ちたいと言われて驚いたが、お恵にすれば動揺しつつもときめいたのは生まれて初めての経験だった。

親にも市ノ助との祝言の承諾を得て、おいと師匠にも話をした。後は祝言の日取りを決めるだけだった。市ノ助が国に帰るという前日、皆が寝静まった深夜に店の戸を叩く音がした。「こんな深夜に誰？」と思いつつ、戸を開けると市ノ助が立っていた。祝言の細かい打ち合わせをしたいとのことだった。

「お恵さん、遅くにごめんね」

それから市ノ助の泊まっている旅籠に行き、部屋に入ると蒲団が敷かれてあった。お恵が座ると市ノ助も向き合って座り、

「お恵さん、改めて私と所帯を持って下さい。突然ですが、家は遠く、時間もありませんので、こういう事でしか言えません。申し訳ありません」

　お恵も俯きながら聞いていた。

　市ノ助が「お願いします」と言った。お恵が小さな声で「はい。うれしいです」と言うと、市ノ助が手を取って肩を抱き寄せて、口を吸いながら帯を解き着物を脱がすと、自分の着物も脱いだ。お恵の上に被いかぶさりながらお恵の下半身の中に市ノ助の物が入ると、お恵も「ああ」と声を上げ顔をしかめた。市ノ助が腰を使うと体を硬くしながら腰の動きが早くなって止まると、お恵から離れて横になった。

　お恵は着物を着て身仕度をした。市ノ助も着物を着て、「お恵さん、送ります」と外へ出た。話はせず、店の前で市ノ助が「連絡をしますので待っていて下さい」と言われて、小さな声で「はい」と言って別れた。

　お恵も、店に帰って蒲団に入ってから、所帯を持つとこんな事をするのかと思うと溜息が出た。後は眠ったような眠らなかったような夢うつつな感じで朝を迎えた。

　お恵は美濃へ行くのは何日かかるのか分からないが、待っているうちに、お恵のお客さんが増えて仕事が忙しい。あわただしい日々が過ぎるうちに市ノ助の事が薄れていった。市ノ助が江戸を発ってひと月近くになっていた。便りもなく、遅いと思いながら、お師匠さんから婚礼の日取りの事をいろいろ聞かれるが答える事が出来ない。ただ仕事をしながら待つしかないと思った。

　おいとも人を育てるという事は、忍耐と努力が必要だと思っている。それは、教わる弟子達も同様だろう。一人前に結えるようになるには、早くて三年から四年はかかる、私の店の弟子達は上達が早い方かもしれない。昨年の結果は一つの区切りとして、又新たに五年程度で、今以上の「髪結い師」として育てる。とりあえずはお恵の抜けた後はお久、おみつ、そして私とで二店を回して行かなくてはならない。そして新人を入れて、さちが稽古をするといったら、お久と二人で育てていく。

……などと、いろいろ考えている時に、すずの屋の正吉が来た。

「お師匠さん、相変わらずお忙しくてなによりですね」

「お陰様で。ここだけの話ですが、お恵が所帯を持つ事になって、人手が足りなくなりますのでお願いしたいのですが」

「そうなんですか、残念ですね」

「遠くに行くので続けられません。おみつも一人前になるにはあと二年くらいかかると思います。これからは早く補充をして育てて行こうと思っています。それで、お恵の祝言の日取りが決まったら他の弟子に言おうかと思っています。そんな事でよろしくお願いします」

「はい、分かりました」

おいとも、これからという時にお恵が止めるという事は店にとっては痛手、おいと自身も落ち着かない。九月の中頃か今月末頃には日取りの連絡があるのか、お恵は普段と変わらないで仕事をしている。普通だとあと何日とか、そわそわするものだと思うが、お恵は落ち着いている。十月に入っても変わらない。遅くはないのか。十一月は雪でも降ったら都合の悪い人もいるのでは。

他人事だけど気になる。

　十月九日の夜、リク先生が訪ねて来た。

「お恵さんに市ノ助から連絡がありましたか」

「それがまだなんです」

「遅過ぎますね。参列するわけではありませんが」

　おいとが「お恵は今までと変わりなく仕事をしています。普通だと端で見ていても分かるものだと思いますが……」と言うと、先生が、

「何か気になります。とにかく様子を見てみましょう」と帰っていった。

　さすがに十月の中頃を過ぎた時に、お恵が一人の時に「日取りは決まったの」と聞いてみた。

「それが市ノ助さんから何も言ってこないんです。普通は私か先生の所には連絡をすると思うのですが……」

「お恵から、文を出さないの？」

「それが、はっきりとした住まいが分からないんです。お屋敷でしたし、実家は農家だとか」

「そう……とりあえず連絡があったら知らせてね」

「はい。すみません」

　おいとも、お恵の事を心配しながらも、普通だったら私が聞くより先にお恵から「どうしたんでしょうか」と言ってくると思うし、気持ちも落ち着かないはずだけど、店には普通に来ている。

　市ノ助も真面目な人だと思うけど、お恵も何を言われてその気になったのか分からず、手の打ち

ようがない。

十一月に入ってからも何の連絡もないようだ。さすがに先生が夜来て、

「どういうことなのか、私から文を出します。お恵さんがかわいそう過ぎます。市ノ助も悪い人間ではないと思いますが、市ノ助の親御さんにも文を書きます」

十一月半頃にお恵に「どうなっているの」と聞くと、

「私にもさっぱり分かりません」

「それで、立ち入った事を聞くようだけど、いつ所帯を持とうと言われたの」

「二度目に来た時の夜、リク先生と別れてから、話をしようと市ノ助さんの泊まっている旅籠に行って、市ノ助さんが、たびたび会えないから私と一緒になりたい。国へ帰ったら親に言うつもりだと。親も賛成してくれると思うと……」

「それで、市ノ助さんとその話はどこでしたの」

「旅籠の部屋で……」と言って言葉を濁した。

「そうだったの。先生も心配して文を送ったと思う」

「申し訳ありません」

十二月に入ってからは店の方が忙しく、お恵の事も気になるが、お恵も忙しい。市ノ助からも何も連絡はないらしい。店も月の後半は今までで最高の売り上げになった。

正月が明けてリク先生が見えた。

「おめでとうございます。やはり何の便りもありませんか。私はこの祝言には反対します。あまりにも市ノ助が無責任過ぎます。どこにいるのか、何をしているのか分かりません。そして、事を急ぎ過ぎるのが心配です」

おいとも今の状態では反対だが、お恵の気持ちがはっきりしないと思いながら、藪入りの休みが終わった翌日の朝、おみつがおいとの家に走って来た。

「お師匠さん、大変です。お恵さんがいないんです」

おいとも「ええ！」と言って、まさかと思った。おみつが、

「夜中に話し声が聞こえたような気がしたんですが、私は寝入ってしまって……」

とりあえずは、お客さんの事だけど、午前中は私がここにいて、午後から永代の店に行き、お久が今日は一人の方が出張のお客で、一人がお店とあわただしかったが、その日はなんとか間に合った。

店が終わった後、おいとがお久に、

「実は、お恵がいないんだよ。市ノ助さんと所帯を持つことになっていたのに……」

「びっくりしました。全然分かりませんでした」とお久。

「私も祝言の日時が決まったら皆に話そうかと思っていた。先生にも知らせたら、あまりにも早過ぎますと。それにしても、半年以上も何も言ってこないで、私も、リク先生も今の状態ではとても承諾できない。とりあえずは、お恵の抜けた代わりはすぐにとはいかないけど、おみつに頑張ってもらい、おそのとさちに下の仕事を覚えるように稽古してもらい、あとは私とお久でこの

状態を乗り越えるしかないの」

「そうですね」

「お恵が黙って出ていったという事は、もう戻らないと思う。とにかく十二月までにおみつは結えるように、おそのとさちは下の仕事、私達がすぐに結えるようにと思っている」

「しかし……」とお久が、「二日といっても立ち話程度です。そんなに好きだったんですか。私には分かりませんでした」

　今月の末に今川の店に全員集まってもらった。

「皆も知っていると思うけど、お恵は所帯を持つ話が出て半年以上だったけど、相手の市ノ助さんの都合で日取りが決まらず、一週間前の夜にいなくなった。お恵は帰ってこないと思うので、仕事のやり方を変える事になります。お客さんの都合でも変わるし、皆も大変だけど。それに、お恵の事を聞かれたら、婚礼が急に決まって自宅に帰りましたと言って下さいね。そして稽古の事だけど、おみつは髪形を家のお母さんとおその、さちに髪を借りて、おその、さちの稽古はお久に見てもらうという事で、慣れるしかないからね」

「はい」

　その夜にリク先生が見えた。

「今晩は」

「先生、実はお恵が一週間前の夜に出て行ったんです」

「ええ！　それは市ノ助とですか」

「それが、夜中に店の子が話し声が聞こえたような気がしたが、でもそのまま寝てしまったと。私も驚きました」

「しかし、市ノ助も何の連絡もしないで」

「ですから、お恵は戻ってこないと思います。お客さんに聞かれたら、祝言のため実家に帰ったと言ってと話したいです」

「そうでしたか。市ノ助もこれからどうするのか。師匠にも御迷惑をお掛けしました」

「江戸のどこかにいるのでしょうか」

「もし何か分かりましたらお知らせします」

「お願いします」

　おっ母さんが「大変だけど、おみつに稽古をさせてもいいよ。しかし、そんな子には見えなかったけどねえ。お恵さんの親御さんは知らないよね。しかし人使いも大変だね」と溜息をつきながら言った。

　それからふた月くらいはお客を待たせたり、私とお久の時間の調整が悪かったりで迷惑をかけたりしたが、何とか慣れてきた。さちもおそのも、今川の店と永代の店を行ったり来たりして連絡をしてくれた。この時季は一、二月だったという事もあり、お客さんが少ない時でもあったのが幸いした。

　三月に入ってから、おそのとさちは結い直し、髪の梳かし方、コテの稽古を二人に覚えさせた。おみつも基本的な形は大分慣れてきたら次の形へと、おそのとさちも必死で稽古している。そして私もお久も仕事が早くなった。とにかく緊張状態での稽古も、お客さんの髪を結う時は気持ちが張りつめている。お客さんを待たせたりするから結い上げも早くなった。来年は若い人が力を付けて昨年に近づけるようにしたい。
　おいとも仕事の終わった後で、お恵はどうしているのだろう。人生が変わってしまったのだろう。好きな人といっしょにいたかったのだろうか。いつか市ノ助といっしょでよかったと言える日がくればいいが……。おいとも店作りの理想を求めて若い人達と共に精進するしかないと思った。

　紅葉の便りが聞こえるような季節になって来た。店の状態はよくなったとはいえ、お恵のいた頃と比べるとまだだが、今年の暮れはこれで乗り越えて、来年の春以降はおみつが上達すればいい方向になっていくと思う。
　しかし、何か事を始めようとする時、思いもよらない事が起こる。おいとが修業中に子供を産んで、お店を出しほっとしたらさちの勾引、永代の店を出してこれで形が整ったと思った矢先にお恵の退店。おいとも店の将来を考え、維持する努力を怠らないようにする事を肝に銘じておかないとならない。それを乗り越えなくては成長はない。昨年の暮れは客足が一割ほど落ちたが、来年は期待の年にしたい。

　おいとも年が明けて藪入りに、今までは仕事に追われて家と店の行き帰りの日々だったので、かさが違うと思った。
前は大変な人だかりで、おいとの踊りの会の富岡八幡宮の小屋とは倍以上の大きさで、街の華や
村座、市村座、森田座）といわれる芝居小屋の入口には人気役者の看板が立ち並んでおり、その
へ行ってみた。そこに行くまでも道の両側にはいろいろな店が立ち並び、その先の江戸三座（中
どこか行った事のない所と思い、浅草寺さんから吾妻橋の手前を左に折れて、芝居町の芝居小屋

　その先を歩いていると、子供をおんぶして道具箱のような物を持った女が……、「おや」と思った。「あれは、お恵ではないか。なぜ、こんな所に」と見ていると、料理屋のような店の中に入って行った。半時（一時間）もしないうちに出てきて、店の人に頭を下げていた。その後も、急ぎ足で半町（約五十メートル）くらい先の同じような店に入って行った。

　おいとは、これは店にいる人の髪を、結い直しではなく、簡単に整えることで日銭を稼ごうとしているのだろうと思った。思わず呼び止めようかとしたが、お恵なりに今の仕事で生活をつないでいるのだろう。それも生き方だ。お恵が精進努力した技が、生きる糧になっているのだとしたらうれしかった。心配したような所でなければ、髪結いの技で自立できたのだ。そして次に繋がる。子供から手が離れたら、小さくてもいい、店を出せばいいと思った。

　おいとも今年はお恵の抜けた穴をおみつ、おその、さちで、年の後半には見通しがつく。暮れには三人の力でお恵の穴を埋められる。お久は更に技の実力を上げた。これも全員の努力の証しだ。いい経験になったと思いながら、新春の隅田川沿いを歩きながら、爽やかな気持ちで明日から又、技への道の歩みが始まる。

第六章　灯籠《とうろう》びん

藪入りの時にお恵が辞めて一年半が過ぎた。ようやくおみつ、おその、さちの成長と頑張りでお恵のいた頃のお客さんの数を越える事が出来た。

皆それぞれ、精進、努力はしていたが、師匠として待っている時には長かったが、それぞれの技術にも違いがあるのが分かった。形にしても各部分の作りにしても、結い方にも微妙な個人差があるし、同じ形を結い上げてもそれぞれに特徴がある。いい方に伸びてくれればと思う。

気になることもある、それは、今いる弟子達が年頃になった事だ。お久も適齢期になってきたし、他の三人も異性に興味を持つ年頃になってきている。すると、今の店の状態を維持するには、次の弟子を育てなくてはならない。二年近く間が空いている。とにかく何があるか分からない。

そんな事を思いながら、おいとも四十路過ぎになっていた。店はいざという時には一人でもやっていけるが、二十年近く必死で頑張って、この先どうするかは見えない。さちもまだそれほどの意欲はないようだ。将来の事を話した事もない。自分の技術に自信がないのだろう。おいとも、出張がある時には鬢盥《びんだらい》を持って、急ぎ足でお客さんの所を三軒も回ると疲れる年齢になっていた。考えてみれば、お里さんが亡くなった年と同じだと思いながら……。

そして、髪形も時代の流れで流行《はやり》も少しずつ変わってきている。以前は何か事がある時にすずの屋に言って今流行の美人画なり錦絵《にしき》を頼んでいたが、絵師にもそれぞれ特長があり、また新しい絵師が出てくると形が変わり、今は歌舞伎とか上方の方からも流行が伝わってくるので目を通している。特に花街の人とか大店の奥様は流行に敏感なので、すずの屋に新しい絵師が出た時には、絵を持って来てもらう事にしている。

ある時、鈴木春信という浮世絵師の錦絵を見て衝撃を覚えた。この絵の発想はどこから生まれたのだろう。想像して描くにも誰かに大凡《おおよそ》のところは結ってもらわないと、こうは描けないのではと思いながら、この髪形を結うにも高度な技術と器用さがないと結えないと思った。今までの作りとまるで違う。そして、その顔形、化粧も表情までも変えている。愛くるしく、可愛く描かれている。意識的に想像しながら描いたのか、その後も何枚かの絵を見たが、遊女や水茶屋の商売女をまるで子供のように愛らしく描いてあった。

今までたくさんの絵師の錦絵を見ながら、おいとが結うとしたらどのような手法でこのような形に整えればよいのかと想像した。新しい髪形をまとめるのは難しいと思った。それには更に高度な技と感覚を養わなくてはならない。それには、錦絵にあるような形を結ってみる事だと思った。髱・鬢・髷・前髪、四つの構成から技を駆使して髪形をどう作るか難しいが、新しい技の工夫をしなくては流行においていかれる。おいとの取り組む姿勢を弟子達も見ているし、店の方針だと思っている。

そんな中で、世の中はお上の厳しい規制の取締りの中で、髪結い床にも御達がある。それをくぐり抜けてやっていかなくてはならない。そんな時だからか、お客も結ってもらう時には厳しい目で見ている。

　おいとも、新しい髪形をどう結おうか考えた時に、最近の遊里や花柳界で誰が描いたか分からないが「灯籠《とうろう》びん」と名前がついた髪形が流行っているらしい。それは、おいとが「深川えにし」でお京に結った鬢《びん》を張り出すように黒くした厚紙を中に入れて鬢で巻き、左右共入れて結った形と似ているが、全体的には形は違う。そして鬢の張りは更に大きさを強調して、左右の鬢の中に鯨鬚（くじらのヒゲ）製の鬢差を入れて張り出させるように描かれていた。内側から透けて見え、形が灯籠に似ているので名がついたとか。あれから五年が過ぎた。今は当時では思いもつかない、あまりの変わりように驚く事ばかりだった。

　おいとも「灯籠びん」とはいかないが、お姉さんになったお京にこの形を結ってみようと思った時に、折よく、お京がやって来た。

「秋に踊りの会があるので、何か髪形を考えておいて。なんでも、残菊の宴という会が料亭で十月五日にあるの。高貴な方の集まりらしいの」

　おいとも、新しい形を試すにはいい機会だと思った。三日後に再び、お京が来た。

「おいとさん、今度は少し大人風の着物にしたの」

「はい」

「今日は結い直しでお願い」

「はい」

「近いうちに着物を持ってくるね」

「はい。有難うございました」

お久が、

「お師匠さん、前ほどではないでしょうけど、楽しみだし、緊張もしますね」

「そうだね。おみつの頭を借りて結う時には、お久も見に来たら」

「はい」

おいとも今は、新しいとは言えないが、今回の髪形を結うのが新しさに繋がると思いながら、

その日の店が終わった後で、

「おみつ、頭を貸してね」

「はい。お京さんの髪形を結うんですか」

「一度結ってから皆に見せようかと思う」

「はい」

「小さい〝かご〟というか〝ざる〟はあるかなあ」

「どのくらいですか、小さいのはありません。何に使うんですか」

「皆覚えていると思うけど、〝深川えにし〟でお京さんの結った時の鬢のところに入れた厚紙、

覚えているよね」

「はい」

「あれをもう少ししっかり、大きくしたいの。他の物でもいいから気がついたら言ってくれる」

「はい」

髪は毎日稽古しているけど、あの鬢張りは特別だからと思いながら、やはり厚紙でやってみた。一応髷も島田風にも作ってみたが、何か形になっていない。やはり鬢張りがないと形にならない。

「でも迫力はありますね」

「おみつも、この髪形の作り方覚えといて。いつか参考になる時があるから、忘れないで」

「はい」

「しかし鯨鬚《くじら》のひげを台にしてどう形にするのか……、私がおみつの年頃の時には思いもつかない髪形だよ。これからはもっと流行が増え変わっていくと思う。普通のお客さんはここまではしないけど、この形はそれなりの技と、出来るようになるには年数がかかると思う」

「そうですね」

「今やっている髪形の積み重ねで出来るようになるからね」

「はい」

おいとも前回作った厚紙で、少し大きめにして作ってみた。

翌日、お昼を食べて永代町の店に行くと、すずの屋が来た。

「お師匠さん、お弟子さん達も大分慣れてよかったですね」

「有難うございます。それですずの屋さん、十月五日に踊りの会がありまして。〝深川えにし〟の髪形を覚えていますか？」

「何となくですが」

「鬢が張った」

「はい」

「その鬢の内側に厚紙が入っていまして、その厚紙をもう少し厚く長くしたいのですが、何かありますか。私は薄い竹で編んだ物が良いと思うのですがなかなかないので……。前回の厚紙を少し大きくして、耳の上のところは一寸四・五分、後に二寸五・六分の長さで、髷のところは薄く筒状の形なんですけど」

「そうですね。竹駕籠《かご》を作っている職人さんなら、丸さも長さも形に作れるんじゃないですか。馬喰町界隈にありますから聞いてみます」

「紙で作った形です」と雛形をすずの屋に渡した。

「これを持って行って聞いてみます。では」

「お願いします」

しかし、この鬢張りの筒が出来ない事には……。お京さんも大人のお姉さん風を期待して楽しみにしている。

四日後にすずの屋が、

「お師匠さん、お待たせしました。これでいかがでしょう」

「有難うございます」

「うまく作るものですね。出来るだけ細く薄くと、職人さんに鬢の中に入れる物だと説明しましたので。竹のせいか角がなく、丸く筒状になっています」

「有難うございます。助かりました。早速店で髪を結います」

出来てきた鬢張りの中に入る筒状の物が合うか、左右の鬢の下に入れて被う椴のところまで流し上げて、左右に笄《こうがい》を差して押さえた。おみつもお久も、目を見張って、

「お師匠さん、凄い」

「髪形というか迫力ですね、凄い」

おいとも、

「ほっとしたよ。まだ何日かあるから、稽古すればもう少し良くなる。前髪《がみ》は少し小さめにした。それと、さち、御飯粒を水で練ってそれを竹筒の中に。竹が見えないように黒紙を張るの」

「はい」

おいとも、久し振りに新しい髪形が結えて興奮した。

その踊りの会の当日、お京さんにも早めに来てもらい、お店には弟子達、おっ母さんも見に来た。本番の髪を結い終わった時に、皆で拍手をしてくれた。お京さんが、

「凄い髪形で、私もびっくり。うれしいわ」

弟子達も溜息をつき、「素敵です」

着物は薄い橙色の地に、左肩から紅葉《もみじ》が散りばめてあり、裾模様は黒地の中に緑の葉がところどころにある。着物が髪形とよく合い、大人の粋と艶やかさがある形に結い上がった。

「おいとさん、有難う。行ってきます」と出て行った。

おっ母さんが「よく鬢張りが出来たね。探せばあるものだね。よくああいう髪が結えるようになったよ。私もうれしいよ」

お久が「私達も頑張りましょう」と、皆で「はい」と言った。

おいとの二つの店も、礼儀もしっかりし、お客さんへの対応も慣れてきた。お京の踊りの会の髪形も評判になったため、店も以前にもまして活気づいている。

そして、久し振りにリク先生が訪ねて来た。

「御無沙汰しております」

「何かと忙しく、師匠の所も活気が出てきましたね」

「あれから二年近くかかりました」

「私も住まいにも慣れました」

リク先生は永代町の店の近くの一軒家に引越してきたのだ。

弟子達も店先に出てきて、「先生、いらっしゃいませ」とお辞儀し、挨拶が出来ているのを先生が見て、

「師匠、皆さんのお客様への礼儀もよくなりましたね」

「有難うございます。それで先生、店の弟子達も皆年頃になりましたので、簡単なお茶の作法を教えてもらえませんか。月に一度でもいいのですが。いずれは弟子達も大人の礼儀や、人の家を訪ねた時の立ち居振る舞い、それに出張もありますので、その時に結い終わった後で、お茶に誘っていただいた時にも、作法の心得があると立ち振る舞いも違ってくると思います。お客様の弟子への見る目が変わると思います。それでお願いしたいのですが」

「分かりました。日時が決まりましたら伺います」

「お願いします」

「今日は髪を整えていただきたいのですが」

「はい」

「ではこちらに」とおそのが席に案内し「いらっしゃいませ」としっかりと挨拶した。お客様への礼儀も様になってきた。それを見て先生が、

「おそのさん、作法通りでいいですよ」

「有難うございます」

　おいともうれしかった。

　先生が帰った後で皆集まって、

「今度、月に一度先生に来てもらって、簡単なお茶のお稽古をつけてもらう事になったの。皆も年頃になって人のお宅を訪ねる事や、そのうちに出張にも行ってもらうようになる事もある。そんな時に伺った先でお茶を出された時などや日常の生活の中で作法の基本だけでもいいから出来ているのと知らないのとでは違うからね。基本の作法を知っているだけでいいの。お客さんを迎えて送る時の礼儀がしっかりしているだけで回りの人からの見た目が変わるからね。私は知らないままで来たけど、皆にはいい機会だと思うし、自分を高めてもらいたいの。親元から離れて一人前の髪結いになるのも重要だけど、それに加えて少しでもお茶の心得があると自然な立ち居振る舞いが出来るようになり、印象が違うと思うの。それで先生にお願いしたの。

これから、新しい弟子にも入ってもらおうと思うし、そんな事で店も今までより少しでも良くなる内容にしたいと思っているの。近々リク先生も見えるでしょう。詳しくはその時にね。では、お疲れ様でした」

おいとも、今までは遮二無二《しゃにむに》、髪結いの技が上達するようにと教えてきた。それが弟子達への指導だと思ってやってきたが、それと同時に、髪結いとしてだけでなく、精神的にも大人になってもらいたいと思ったからだ。私の場合は、お里師匠、清吉師匠の時代で、不遇な生活環境の中で、信じるのは自分だけ。生きることだけに必死だった。一刻も早く一人前の髪結いになる事だけに精進努力する事しかなかった。おいとも想わぬ男との出会いで子持ちの髪結いになったけど、幸い私には親がいた。子供のために生きる糧を作らないと……と思いながら、お里さんという師匠との出会いで今日がある。でも、貧しく不幸な中で生きた人は強いし、職人として、人として尊敬出来る、すばらしい人だった。そして、お里師匠も体と心を使い果たして若くして亡くなってしまった。残念でならない。

技は個々の努力で身に付けられる。でも五人になったお店は、今は礼儀作法を始め、全員で一つの方向に向かわなければならないのだ。じきに十二月、私達は自ら培った技と作法でお客様に接する事にしたい。その新しい出発として一番いい機会だと思う。

それと、おいともお客さんの髪形を見て、こうすればもっと似合うのにと思う方もいる。いつも同じような髪形にするお客様は無意識に変えることに抵抗があるのだと思う。髪形は着物を替えるようなわけにはいかないのだろう。変えるという事は勇気がいると思う。特別な場所へ行く時や人に会う時は、着物を着替えるとともに髪を結う事になるのだ。それを思ったのは、年が明けて芝居町に行った時に、芝居小屋の前に集まっていた人達は、一様に着飾り、髪も結っている人が多かったからだ。

隙な一、二月に何とか店に来てもらうために何か工夫しなければと思った。それには普段から、お客さん一人一人の好みとかを聞いておいて、その時になって迷いが出ないように前もって髪形を決めて稽古もしておく。暇な時期に限らず来店頻度を多くするように、各自が私も含めてお久、おみつは稽古の時は、それぞれのお客さんを思い浮かべながら、勧めてみたい髪を結う事だ。それには、普段から人の髪形を気を付けて見ることがとても大事。それが技を磨くことにつながる。

十一月から始まるリク先生のお茶の稽古は、ある意味で弟子達は自分のためになる事だと思っている。おいとも、昨年くらいからは気持ちの余裕をもって店の将来の事も考えられるようになった。新しく出張する初めてのお客さんが増えた。出張があると無いとでは、二店を維持していくうえでずいぶんと違う。体は疲れるが張り合いがある。

「川井先生が見えました」

「皆さん今晩は。今日から、師匠からのご依頼があり、茶道を皆さんと勉強したいと思います。お茶というと堅苦しいと思いがちですけど、お店で必要な事を簡単な作法で勉強します。これからはお客様の家を訪ねる事もあると思います。今まで礼儀の勉強をして、今では習った事が自然に出来るようになりました。それにもう少し付け加えます。例えば、お客様の家に行った時にお茶を出された時に……、お久さん」

「はい」

「ご自分が席に座ってから、どうぞ」

「はい」

「茶碗の蓋をとり、『いただきます』。そして『ご馳走様でした』。普通はそうです。お茶の作法では『ご馳走になります』。お辞儀は今皆さんがしているように両手に額がつくように、そして左手は膝の上において、右手で蓋をとり茶碗を持って、左手を茶碗の底に添えて口に持っていきます。全部飲んで茶碗を戻す。そして『ご馳走様でした』。正式の作法だともう少しする事がありますが、とりあえずはこの順序から始めます。この事が自然に出来るようになると、見ていて流れるようにきれいに見えます」

「ではお久さん、さちさん、おそのさんにお茶を出して下さい」

「はい」

「待たされている時は、二人共、両手は膝の上にのせていて下さい。お久さんがお茶を出します。さちさんは『ご馳走になります』。蓋をとります。右手で茶碗を持ち、左手を底に添えます。そして全部飲みほし茶碗を戻す。お辞儀をして『ご馳走様でした』。この一連の流れをゆっくりして下さい。今の事が出来る様に、二人ずつ向き合って四人で稽古して下さい。作法の流れはこんな事からです」

「有難うございました」

　それから、お久のお客さんの六間堀の三浦屋から出張の依頼があった。

「もしかすると、お嫁に行ったおえいさんが来るかもしれない。おみつ手伝いに行って」

「はい」

「ごめんくださいませ」

「いらっしゃいませ」と、女中さんに部屋に通され待っていると、奥様が部屋に入って来た時に二人で「本日は有難うございました」とお辞儀をした。

「今日は親戚の集まりがあるので、おえいもお願いね」

「はい。おみつさん、お嬢様の髪をほどいて梳《と》かしておいて」

「はい」

奥様が「新しい方？」

「はい。おみつと申します。よろしくお願いします」

「お店は何年目」

「はい、三年になります」

お久が「いかがでしょうか」

「はい、結構です。おみつさん、頑張りなさいね」

「はい」

「それで、お嬢様はどんな髪形になさいますか」

「おえい、どうなの」

「少し華やかにして下さい」

「はい」

お久は、師匠が「深川えにし」で結った形を想い出して、鬢を張り出すように、髷は結綿風にして桃色のカナコを付けた。

「いかがですか」と言うと、奥様がびっくりしたように、

「おえい、素敵」

おえいさんも「私も初めて。うれしい、有難う」

お久もうれしかった。

「お茶を飲んでいって下さい」と言われた時に、お久がおみつと顔を合わせて、二人共正座をして両手を膝に「ご馳走になります」。所作通り二人でお茶碗を右手でとり、左手を底に添えてお茶を飲みほした。

「ご馳走様でした」

奥様もじっと見ていた。

「お久さん、これはお代と、これは気持ち」

「有難うございました」額を両手の上にお辞儀をした。

帰り道で、

「おみつさん、作法通り出来たと思わない」

「はい。私も思いました。何か爽やかですね」

「おみつさんも、あの奥様の形を覚えといて。私も半年以上かけて修業した事で上達したと思っ

ている。とにかく難しい形だけど、出来ると思い込んで稽古する事だと思ったの」

「はい。私も頑張ります」

「ただいま帰りました」

「今日はおえいさんも結いました」

「そうだったの」

おみつが「それが、お師匠さんが〝深川えにし〟で結った形を、髷を結綿風にしたら素敵でした」

「それはよかったね」と、おいとが言った。

お久も「喜んでいただけてよかったです」

「お久も努力したかいがあったね」

「はい」と言って目頭をおさえた。

「それと、お久さんと帰り道で話したんですけど、お茶をいただいた時に二人で作法が、自分で言うのもなんですけど、良かったと思いました」

お久も「私もよかったと思いました」

おいとが「何事も精進努力だね」

それからひと月過ぎた時に、六間堀の奥様の紹介で、日本橋元大工町にある大黒屋呉服屋さんから依頼があった。老舗のお店らしく、格調高い大きなお店だった。

「ごめんくださいませ」

丁稚さんが出てきて、「はい。少々お待ち下さいませ」

するると、奥からここの奥様と分かる方が出てきた。

「三浦屋様の奥様からお聞きして伺いました」

「ご苦労様」と言って、「こちらに」とお店から少し離れた静かな部屋に通された。部屋の前は手入れの行き届いた庭があった。

「今日は有難うございます」

いつも通りお辞儀から始め、「失礼します」と手拭いを掛けると、

「三浦屋さんへは長く行ってらっしゃるみたいね」

「はい。大変お世話になっております」

「私もいつもお会いする時は素敵なお髪を結っていらっしゃるから、いつか結っていただきたいと思っていたの」

「有難うございます。よろしくお願いします」とお辞儀をして、

「どんな髪形になさいますか」

「少し華やかにしてもらおうかしら」

「はい」

お久も気持ちは艶やかで、粋にと心掛けた。三浦屋のお嬢様風で、髷は島田風に薄紫のカナコを間に入れて結った。奥様もじっと見ている。

「いかがですか」と言うと、

「私も初めての形だけど、こういう髪形もあるのね」

全体を見て「気に入りました」

「有難うございます」

「何かうれしいわ。お茶を飲んでいって下さいな」

「有難うございます」

終わったのを見て、女中さんがお茶を持ってきてくれた。

「ご馳走になります」お辞儀をして、右手で茶碗をとり、左手で底を添えて飲み終えて、お辞儀をして「ご馳走様でした」。奥様はじっと見ていた。

「またお願いするわ。これはお代、これは気持ち」

「有難うございます」

お辞儀をして、「失礼します」とお店を出た。やはりお茶の作法を教えてもらって良かったと思った。何でも良いという事は身に付けておくものだと思った。

「ただいま帰りました」

「お疲れ様。お久の顔を見れば分かるよ」

「喜ばれました。お師匠さん、お茶の稽古をやっていてよかったです」

「先生ももう少し付け加えるともっと作法の形になると言っていた。本当のお茶の作法は私達には敷居が高いけど、今ので充分だと思う。あとはお久の後を三人が見習ってよくなる事ね」

「はい。有難うございました。大きな呉服屋さんでした」

「お久、顔が明るくはつらつとしているよ。次はおみつの番だよ」

「はい」

「形を決めて、とにかく修練だからね。これからは私を納得させなくてはね」

「はい」

「おそのやさちも同じように悩んで、迷いながら皆上達するんだからね」

皆で「はい」と言った。


「リク先生が見えました」

「皆さん今晩は。前回のお茶の飲み方から、今日の作法は障子、襖の開け方と、膝行《しっこう》と言って、立たずに膝で前に進む事、そして立ち方、このお稽古をします。

私の作法を見て下さい。こちらの障子の横に座り、引き手に近いほうを引き手にかけて少し指が入るほど開ける、この順序を覚えて下さい。そして、その手を下から六寸ほどの所までおろし、開いたすき間に指を入れて体の真ん中まで開け、反対の手で開けます。全部を開けないで下さい。

次が膝行《しっこう》といって、お茶を取る時に立たずに膝で前に進む事です。両手は両膝の両脇におき、こういう形で前に進みます。

次は立ち方です。座っている時に両足のかかとを揃えてつま先を立て、かかとの上に腰をのせて……分かりますね、片足を少し前に出し、両足に力を入れて上にまっすぐに立ち上がります。前に出した足に片足を寄せると、立った時に両足が揃います。初めは頭で覚えるより、稽古で体で覚えて下さい。これだけ出来るようになれば充分です。

これは大人の礼儀として、お客様に対しての格上の礼儀作法だと思っています。この事を身に付ける事によって、身のこなし、立ち居振る舞いが美しくなります。ぜひ覚えて下さい。そして、少しの間は稽古して下さい」

「はい。有難うございました」

おいとが「何事も修得には時間がかかるからね。それこそくり返しの積み重ねだからね。根気と努力で続けるように。それが将来にも役立つから、自分の礼儀の作法にしましょう」

「はい」

「お疲れ様でした」


今年の十二月は昨年より更に客足が伸び、開店以来最高の売り上げになった。おいと自身も、今年は積極的に新しい事に取り組んできたつもりでいる。やはり、おいとの店に対する姿勢を弟子達も見て結果に繋がったんだと思う。いい教訓になった。

来年は流行の髪形を弟子達全員に稽古させる。髪形の種類も増えて、技も上達する。でも来年は誰かお嫁に行きそうな気もするが……。新しい弟子が入ったら、指導をお久に任せ、三人の技術の上達に向かって精進させる。おいとも楽しみであり期待もしている。

そして六間堀の三浦屋さん、日本橋の大黒屋さんに出張に行く時には、おみつを手伝いに行かせて、お久の髪の結い方をよく見るように言い、どういう形に仕上げているかを覚えたら、次はそれをおみつが結ってみて、分からない事があっても見て覚えて形にする事も勉強なのだと思う。

一月末にリク先生が見えた。

「遅くなりましたけど、おめでとうございます。お茶の作法も皆さん上達したみたいですね」

「お店が終わった後で稽古しているみたいです。先生、行儀作法とお茶の作法が上達するにつけ大人になっていくみたいです、と皆が言っています。春には新しい弟子が一人入る事になっています。彼女にも習わせたいと思っています」

「そうですか」

「経験もしましたので、もし誰か抜けた時にと備えています」

「大変ですね。そういえば、太一郎様が祝言を挙げられたと連絡がありました」

おいとは「えっ」と言って驚き、ひどく落胆した。

「それはおめでたい事です」とは言ったものの、何とも言えない寂しさだった。

「また伺います」と言って、リク先生は帰っていった。

太一郎様のことは、当然の事と思いながら、忘れかけた消えない想いが心を被《おお》った。

お久が「お師匠さん、お疲れのようですが……」

「大丈夫よ」と言って溜息をついた。その時、おっ母さんが、

「おいと！」と慌てた様子で店に入ってきた。

「どうしたの」

「お父っさんが倒れて、敬安先生に診てもらったんだけど、脳卒中で……」と言って泣き出した。

「お久、家へ帰るから後を頼むね」

「はい。お大事に」と心配そうに見送った。

おっ母さんを抱きかかえるように家に入ると、お父っさんは蒲団に寝かされていた。おいとも顔を見て「お父っさん」と言って涙がこぼれてきた。まさかと思いながら、おっ母さんは泣き崩れている。

「おっ母さん、大家さんの所に行ってくるね」

「ごめんください」

「はい。おいと、どうした」

「実は、お父っさんが卒中で倒れましてご相談に伺いました」

びっくりした顔で、「まだ若いのに……」

大家さんが「今夜は身内で弔い、明日御通夜という事で、長屋の皆にも伝えておくよ。気を落とさないようにな」

「はい。お願いします」

翌日、御通夜という事で、大家さんが支度にと長屋の人達に連絡して手伝ってくれた。大勢の人がお焼香に来てくれた。店の弟子達もお焼香に来てくれた。おいとも、お店の商いがやっと落ち着いたと思った矢先の思ってもみない事だった。

さちが「おっ母さん、大丈夫」と気遣ってくれた。

「お店の事を頼んだよ。お店の事で何かあったら連絡してくれる」と、お久。

「はい」

おっ母さんは気落ちして、ぼおっとしている。

「おっ母さん、元気出してよ」

おいとは、翌日の午後から仕事に行った。

三月の月初めに「すずの屋」の紹介で下総の市川から父親の治平と、娘のゆきがやって来た。

「お父さん、遠い所御苦労様でした。おいとと申します」

治平が「よろしくお願えしやす」

「お父さん、この仕事は時間のかかる仕事ですが、早く一人前にしたいと思っています」

「はい。お願いします」と帰っていった。

ゆきは、とりあえず永代町の店でお久が指導する事になった。

「お久、まだ何も知らないから、礼儀作法が出来るまで後ろで見させておいて。玄関の前の掃き掃除と手拭いの洗濯をしてもらう。あと、『いらっしゃいませ、有難うございました』の基本的な挨拶を教えて、あとは少しずつだね」

「はい」

「ゆきはいくつ」

「十二歳です」

「これからは、名前を呼ばれたら『はい』と元気よく返事をしてね。あとはお久が教えてくれるからね」

「はい」

「そう、大きな声でね。その時も『はい』だよ。今度の稽古の時に皆に紹介するから」

「はい」

一週間後に今川町の店に全員集まり、稽古の会を始めた。おいとが、

「皆聞いて、今月からゆきさんが店に入ります。永代町の店で修業してもらいます」

皆で「よろしくお願いします」

おいとも今年は、誰もお嫁に行くことはなさそうだし、店は良くなって行くと思う。おっ母さんの元気がないのが心配だが……と思いながら、親孝行もあまりしていない。仕事の忙しさで迷惑、心配をかけていた。申し訳ないと思っている。でもここまできたらやっていくしかない。おっ母さん、そしてお父っさんも、ごめんなさい。

おいとの今川町、永代町の両店とも安定した商いになってきた。新しい技への取り組み、接客の作法も安定してきた、といっても安心は出来ない。新人のゆきを店に慣れさせ、基本の技術を教えながら、お客さんへの礼儀を先に身に付けさせ、同時に少しずつお茶の作法を覚えさせる。あと細かい事はお久に任せていきたい。

そしてここにきて、おみつ、さち、おそのの技術も上がってきている。次の髪形への応用へ稽古に入るようにする。おみつは、その上の花街のお姉さんへの髪形の稽古に取り組んでもらう。

更にきれい、上手と言われる髪形を結えるよう取り組ませたいと思っている。

時季は梅雨に入る。このところ、おっ母さんの元気がない。気が抜けたようになっている。長年連れ添ったお父っさんとの情は言葉ではいい表す事が出来ない事だと思う。私も淋しいが、仕事でまぎらわせている。仕事が心の支えだった。これも人の世の持って生まれた宿命なのかもしれない。

先の事は分からない。私も年はとってきたが、弟子達を一人前の髪結いにする事、自立させて生きて行けるようにする事が私の責任だ。しっかり教えていかなくてはならない。髪結い床は私の人生、髪を結う事は時代の流れの中で悩み、迷い、苦しむことだ。試練の時も、髪結いとして私も弟子達と共に時代の中で流行を追いかけて、新しい技術を会得し、戸惑いながら結い上げた髪形がお客さんに喜んでもらうことに、つかの間の安堵があり、それが喜びでもある。

一年先、十年先はどんな髪形が流行るのだろう。尽きる事のない創造は、新たな可能性へ、基本の概念を崩し変化、改新への髪形を創り出す。時代と共に更なる技を磨き生きていくのは私の使命、未来へ受け継がれていくだろう。

髪は女の命、美しく輝く髪形は、お客様のために。

女髪結い技への道は永遠に。

完

早田　貞夫（はやた・さだお）

栃木県生まれ。専修大学経済学部卒業。山野高等美容学校を卒業し、ヘアサロン「BEAUTY HAYATA」を開店、事業のかたわら作詩を始める。平成24年に『歌集』を自費出版で制作。平成25年に『歌集 愛への誘い』（学研マーケティング）を刊行。平成28年には、その歌集から歌詞を提供したCD『愛は輝き』を発売した。
著作に『歌集 愛への誘い』学研マーケティング
『天の川』早田貞夫 時代小説短編集　学研プラス
『女郎花』早田貞夫 時代小説短編集　風詠社
『女髪結い 技への道』早田貞夫 時代小説作品　風詠社
『サラセイナ・さや』風詠社

早田貞夫 時代小説作品　髪結い床 おいと

2025年3月3日　第1刷発行

著　者　　早田貞夫

発行人　　大杉　剛
発行所　　株式会社 風詠社
〒553-0001　大阪市福島区海老江5-2-2 大拓ビル5-7階
TEL 06（6136）8657　https://fueisha.com/
発売元　　株式会社 星雲社（共同出版社・流通責任出版社）
〒112-0005　東京都文京区水道1-3-30
TEL 03（3868）3275
装　幀　　2DAY
印刷・製本　シナノ印刷株式会社

ISBN978-4-434-35282-9 C0093
乱丁・落丁本は風詠社宛にお送りください。お取り替えいたします。